羊歯小路奇譚

黒木こずゑ／絵

羊歯小路奇譚

最合のぼる

羊歯小路奇譚◆目次

第壱話　失せもの屋　12
第弐話　黒頭巾　24
第参話　コドモノ國　36
第四話　酒屋酒場《さかバー》　52
第伍話　みどりさん　72
第六話　市松商事　88

第七話　少年ノ探シ物　104

第八話　風流座敷寫真館　120

第九話　わたしの王女様　138

第拾話　闇に棲む獣　158

第拾壱話　羊歯小路奇譚　176

あとがき　196

ブックデザイン・写真　最合のぼる

第壱話

失せもの屋

usemono-ya

その店は商店街と呼ぶにはあまりに閑散とした路地にあった。看板らしきものは一切なく、観音開きの正面扉は押し黙ったように閉じている。明かり取りの色硝子に目を凝らしても、人の気配は感じられない。がらんとした飾り窓《ショーウィンドウ》には、隅の方に小さな虫の死骸が仰向けに転がっていた。どう見ても営業中の店舗には思えない。それも店を閉めて久しい雰囲気だ。どうやら僕は何か勘違いしたらしい。長居は無用と立ち去ろうとした時、微かな物音が僕の足を引き留めた。

はて、真鍮の把手《ドアノブ》に小さな札がかかっている。

そんなものはなかったように思うが、気づかなかっただけだろうか。

——すぐに戻ります、どうぞ中でお待ち下さい。店主

短い一行を読み終えると同時に、扉がほんの少し内側へと開いた。夕暮れ時の路地裏よりも遙かに暗い隙間から、古い木造家屋特有の埃と樟脳が混じったような空気が流れてきた。どことなく田舎の親類の家と似た、懐かしい匂いに誘われるまま僕は中へと足を踏み入れた。

店内は思ったほど暗くはなかった。何故なら、ぼんやりとした明かりが陳列棚に灯っていたからだ。陳列棚。

そう、店の中は見渡す限り陳列棚になっていた。壁側は天井近くまで硝子戸をしつらえた造り棚で、部屋の中央には下半分が抽斗になっているやや背の低い棚が背中合わせに置かれている。棚と棚の間は人ひとりが何とかすれ違える程度で、上の方を見上げるには一方の棚に体を寄せても少々難しいといった具合だ。そんな陳列棚が店の間口からは想像もできないほど、奥へ奥へと続いていた。

しかし驚くべきは陳列棚の数ではない。

仄白い照明の中に整然と並んでいるのは、人間の手足——さすがに最初はたじろいだが、考えて見れば本物であるはずもなく、案外僕はこんな光景を見慣れていた。古くからの友人に人形作家がいるからだ。彼女のアトリエには、いつも足の踏み場もないほど、人形の頭や手足がごろごろしている。もう少し片付ければいいものをと思わなくもなかったが、一切お構いなしだった。

それはさておき、棚の中をもう少しよく見てみようじゃないか。今、僕が前にしている陳列棚には、ずらりと左腕が並んでいる。二の腕の真ん中あたりから指先まで、自分の腕と見比べてみると、ほぼ実物大であることがわかる。反対側の、やや背の低い陳列棚の方には、一回りから二回りほど小振りの腕が並んでた。

それにしてもよくできている。皮膚の感じ、血管の浮き上がり方、毛穴や産毛までもが見事に再現されていた。これほどの造型なら、実際に身につけていたとしても容易には気づかれまい。

「お気に召しましたかな」

突然声をかけられた僕は、顔をくっつけるようにして覗き込んでいた棚の硝子に思わず額をぶつけてしまった。思いの外大きな音が響き、慌てて硝子戸を押さえた僕に声の主は朗らかに笑った。

「おやおや、驚かせてしまって申し訳ありません。おでこ、大丈夫でしたか」

僕は照れ隠しの笑みを浮かべながら、店主と思われる男に向き合った。何と言うか……実に奇妙な小男だった。声色や口調は年寄りじみているが、つるりとした肌の丸顔はまだ年端もいかない子供のようにも見える。特徴のないことが特徴のような顔立ちで、これまた特徴のないシャツとズボンを履いていた。

「――失せもの屋にようこそ。どうぞゆっくりご覧になって下さい。充分に納得して頂いてからの方が宜しいですから」

なるほど、確かに義手義足の類を作る場合、検討に検討を重ねた方が良さそうだ。しかし失せ物という単語を屋号に使うのは如何なものだろう。失った手足などを作る店という意味合いだろうが、客の中にはあまりいい感情を持たない者もいるはずだ。まあ、これだけの品揃えを自負した上での洒落なのかもしれないが。

「ご覧の左腕は、旋盤工の方です」

僕が見ていたのは骨太でやや指の短い男性の腕だ。旋盤工といえば中々危険な仕事で、作業中の事故で手足を落としてしまうことも珍しくないと聞いた。さぞや痛かろうと思うが、脳から出る麻薬のような物質により事故の瞬間痛みはあまり感じないらしい。それにしても気の毒な話だ。

「こちらは老舗料亭の板前さんでした」

男性にしてはほっそりとした手で、色白の肌に青白い血管が目立っていた。板前も鋭利な刃物を扱う職業。念入りに研がれた包丁の刃など見ているだけでも妙な気分になる。しかし包丁で指を落とすならわかるが、どういった事情だったのだろうか。

「女性の方もほら、花屋の奥さんです」

もち肌のふっくらとした中年女性の腕だった。肉付きのいい薬指に半ば埋もれるように結婚指輪がはめられていた。結婚指輪を義手につけるというのも妙なものだが、やはり元の位置の方が馴染みがいいのかもしれない。花屋の奥さんはどういう経緯で左腕を失うことになったのか。配達途中の事故だろうか。もしかしたら切断を余儀なくされた重い病だったのかもしれない。女性のことだ、片腕を失ったら大層気落ちしただろう。そうだ、料亭の板前も家族サービスで出かけたドライブの途中で事故に遭ったのかもしれない。さもなくば一日の仕事が終わった後、駅のホームで酔っ払いに体当たりされて線路に転落したとか。電車に轢かれて腕だけで済んだのは不幸中の幸いだ。いやいや、体の一部を失って不幸中の幸いもないもんだ。

何にせよ、見れば見るほど興味深い。

この棚には肘から下、そっちは肩からそっくり腕一本、抽斗には手首だけ。同様に足も、踝から先、膝から下、大腿の途中から、付け根からと、きちんと部位ごとに陳列されていた。筋肉質のもの、骨張ったもの、痣のあるもの、真っ赤なマニキュアが塗られたもの、毛深いもの、刺青が入ったもの、幼い子供のもの……僕はひとつひとつに秘められた物語について考えようとした。目の前にある形代から何らかのメッセージを感じようとした。そう、いつだって僕は、物語に耳を澄ましてきたのだ。どんな低俗な囁きも聞き逃すまいと描いてきた。実を言えば僕は絵描きだ。ささやかな挿絵で糊口を凌ぐ名もなき絵描き。しかし陳列棚の中の手足はあまりに無口で、僕に何も語りかけてはこなかった。もしかしたら僕に彼らの言葉を読み解く力が残っていないのかもしれない。頑なに拒絶される疲労感が体の底に溜まっていく。足が鉛のように重い。四肢が言うことを聞いてくれない。そうか、僕の手足はいつの間にか作り物になってしまったのだ。出来は良くても動かぬ作り物に——、

一対の息が止まるほど美しい足があった。

「お目が高いですな、これは逸品中の逸品――」
いつの間にか店主が隣に立っていた。
「バレリーナの両足です」
店主はもっとよく見えるようにと、硝子戸を大きく開けてくれた。

間近に見る足は殊更素晴らしかった。表面は白磁のように滑らかで、膝頭は小さく愛らしい。脛はすらりと長く、華奢な足首へと繋がる。可憐なばかりと思いきや、踊り子を重力から解放する強靱な筋肉が皮膚の下に潜んでいるのだ。嗚呼それなのに、こんなに美しい義足を以てしても二度と舞うことは叶わないに違いない。本来の役目以上の美を与えられたこの足に、僕は強く魅了された。描きたいという欲求が体の底から沸き上がる。この際はっきり言おう、僕は三文ポルノの挿絵描きだ。情欲にまみれた女たちの淫らな足を何度描いたかわからない。しかしこの足は、言うなれば解き放たれた存在。純粋で健気で、神々しいまでの品性を感じる女性美の結晶としての足……僕は不躾を承知で、この義足の貸し出しを店主に懇願した。ところが店主は困惑した顔で押し黙るばかりだ。もしやこの義足の受け渡しは今日なのか。それとも明日か。それは困る。微調整をするとか何とか理由をつけて、一日だけでも貸してくれ。頼む、半日でも一時間でもいい。

「どうもお客様は、何か勘違いをなさっているようですな」

店主は目を細め、唐突に古いニュースの話をし出した。それは十数年前、公演中に足の腱を切った世界的プリマバレリーナが入院先の病院から忽然と姿を消した事件だ。随分とテレビや雑誌に取り上げられたが、消息がわからないままにやがて世間の関心は薄れていった。今では僕同様、

ほとんどの人の記憶から忘れられている。しかし、そのニュースと一体何の関係が――、

「これでも作り物に見えますかな」

店主は高価な美術品に触れる時のような白い手袋をはめると、バレリーナの膝の辺りをさらりと撫でた。すると足は、まるで目覚めたかのように小さくステップを踏んだ。

そんな馬鹿な。

見間違いだと目を擦ったそばから、ガラスケースの中の足はもう一度同じステップを踏む。

「ここにあるのは全て、人様の一部だったものですよ」

店主の言葉に応えるかのように、陳列棚の手足が一斉に蠢き始めた。

部品を探すような、包丁を握るような、花を生けるような、それぞれの手や足が日々の暮らしの中で行ってきたしぐさを繰り返す……冷や汗が流れ眩暈に店内が大きく歪む中、バレリーナの足は軽やかにターンをした。

一瞬見えた足首の後ろには、無残な縫い傷があった。

これは本物の、姿を消した踊り子の両足だというのか。

「行方不明ほど完璧な幕引きはないと思いませんか。死体さえも見つからないのですから」

旋盤工は勤めていた工場が倒産し、ギャンブル好きの板前は膨大な借金を抱え、花屋の奥さんは配達先の店長と不倫し、皆、それぞれの事情で失踪した。踊れなくなったバレリーナは人生

に絶望し、舞台から去るだけでなく踊れない自分そのものを消し去りたいと願ったのかもしれない。

つまり失せもの屋とは、失われた物を作るのではなく、この世から失せてしまいたい者が——、

「当方のコレクションにご協力頂ければ、永遠に失われた存在になられることをお約束致します」

「僕は……僕は、どうしてこの店に……」

「それは、お客様ご自身が一番良くわかっていらっしゃるのでは」

絵の具に汚れた自分の手が見えた。小刻みに震える哀れな絵描きの利き手だ。全てを捧げるつもりで大きな画布に向かった時には、病に冒され絵筆さえ持てなくなっていた。なるほど、こんなものでも陳列棚に飾ってくれるなら、少しだけ救われた気持ちになれるじゃないか。

僕は外した右手を美しい足の傍らに置かせてもらい、店を後にした。

路地の闇は濃く、少し歩いただけでその店はもうは見えなくなった。

第弐話

黒頭巾

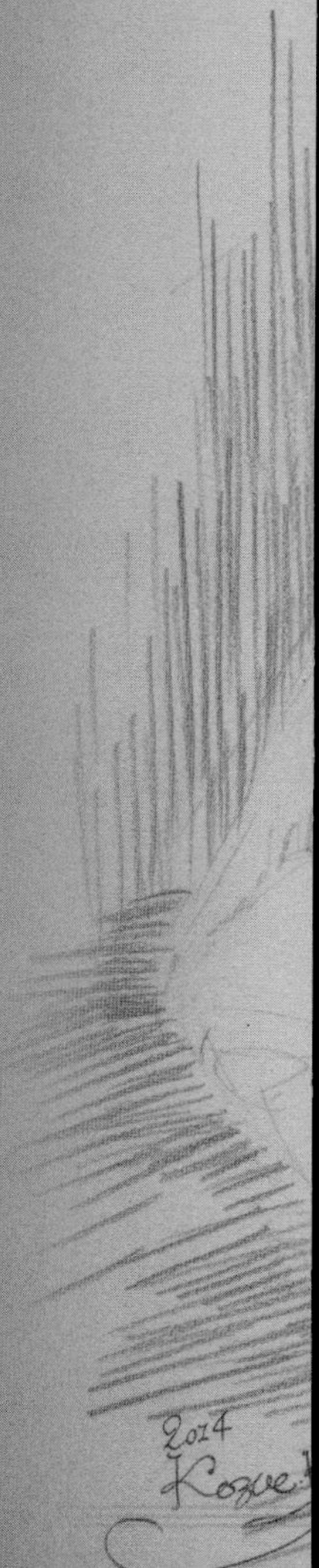

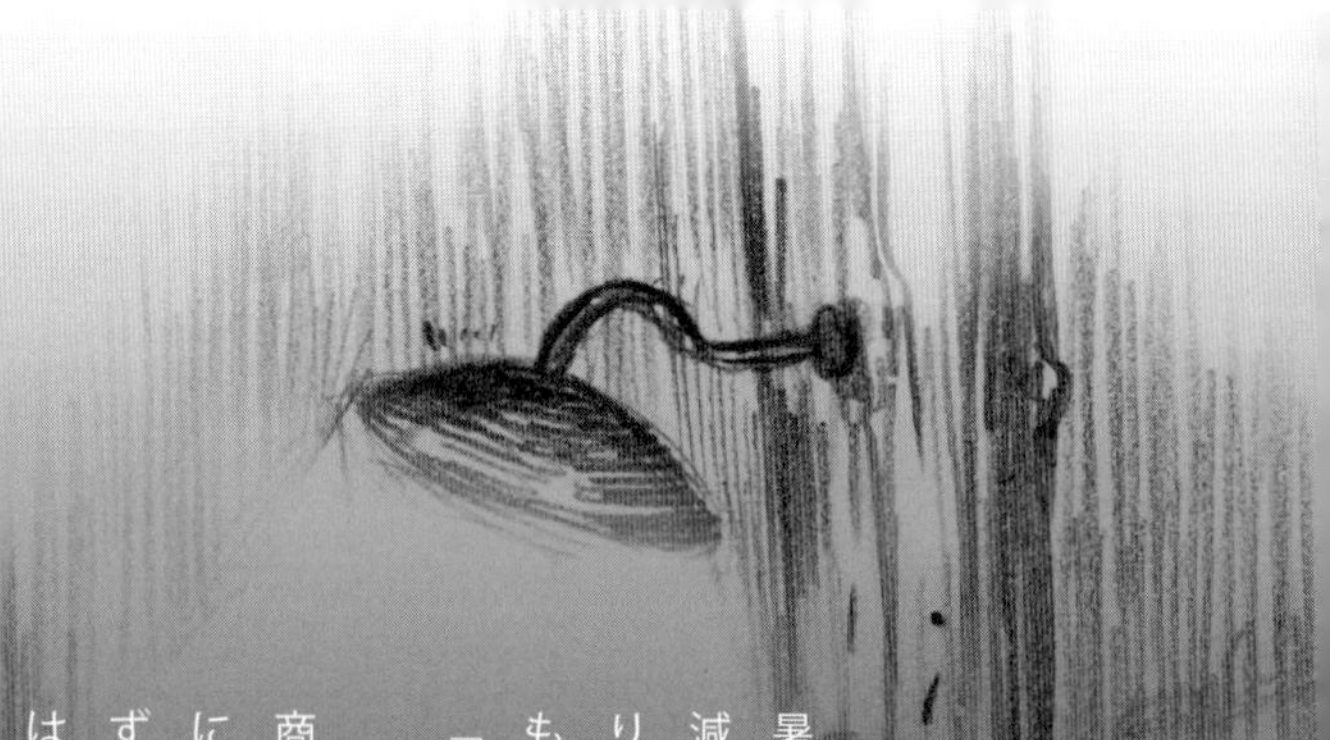

その日は、傘を差しても体にまとわりつく霧雨が一日中降っていた。蒸し暑さも加わり不快指数百二十パーセントの中を散々歩き回った私は、いい加減面倒になっていた。遅い昼食をとってからすでに数時間、いつの間にか辺りは暗くなり、雨と汗をたっぷり吸った背広はうんざりするほど重たい。ともかく一度事務所に戻り策を練ろうと思ったところで、足を止めた。

「どこだ、ここ？」

まるで見覚えのない通りだった。通りというか、路地だ。ぽつりぽつりと商店らしい建物もあったが、すでに閉店の時間なのか定休日なのか、どの店にもシャッターが降りている。軒を連ねる家々も雨戸やカーテンを閉め、わずかな明かりも漏れてこない。一体今は何時なのだろう。少し前に携帯電話は充電切れになり、今日に限って腕時計も忘れてしまった。路地は谷底の様に暗く、いまだ霧雨を降らせる夜の曇天の方が白々としている。

急に人工的な明かりが目に入った。すぐそこの角にある街灯だった。近づいて見上げてみると、切れかかった電球が不安定に明滅する光の中に小さな雨粒が羽虫のように舞っていた。夜になって幾らか気温が下がってきたのか、不快でしかなかった霧雨はひんやりと心地良い。私はしばし目を閉じて濡れるに任せた。どれくらいそうしていたのだろうか、ふと、何かの気配を感じて目を開くと、足元に黒い人影がうずくまっていた。

「げっ」

思わず半歩飛び退いた私に一切構わず、人影は立ち上がりざまに黒い布のかかった折り畳み式のテーブルを広げ、手品のように丸椅子を取り出すと、バサリと腰掛けた――テーブルクロスと一体化しているような漆黒のマントで全身を包み、更にマントに付いた黒い頭巾を深々と被っている。どうにも怪しい黒づくめの奴だったが、ここはひとつ挨拶でもした方がいいのかもしれない。少し迷っていると、その黒頭巾は「さあ、お話を伺いましょう」とでも言うかのように、マントの中に入れた手をテーブルの上に置きこちらに身を乗り出した。

「……」

大きすぎる頭巾に隠れて、顔は全く見えない。マントのせいで体型もよくわからないが、けっこう体格がいいから男性だろうか。考えあぐねていると、黒頭巾はマントの中の手でテーブルをトントンと二回叩いた。まるで何かを促すかのように……。

仕方ない。袖触り合うも何とやらだ。多少の気味悪さを感じつつも、思い切って声をかけてみた。

「占いですか？」

夜の街角で小さなテーブルを出してひっそりと座る者と言ったら、占い師しかないだろう。取りあえず謙虚に聞いてみたが自信はあった。しかし黒頭巾は俯いたまま、頷くでも答えるでもない……もしかしたら聞こえなかったのだろうか。

「占い、ですか？」

私は少しだけ声を大きくしてもう一度言ってみた。が、やはり無反応。まあいい、変な輩には関わるなということだろう。

「――占イ、デス」

立ち去りかけた私の背に声が届いた。

「なぁんだ、もったいぶっちゃってもう……そうですよねぇ、うん、どう見たって占い師さんですよ。こういうの、辻占いって言うんでしょ」

正体がわかり内心ほっとした私は、自分でも意外なほど積極的に話しかけていた。一日中押し黙っていたので、実は誰かと喋りたかったのだ。

「いつもここでやっているんですか？」

「イツモココデヤッテイルンデス」

「時間もこのくらいですか？」

「時間モコノクライデス」

「当たりますか？」

「当タリマス」

「本当ですか？」

「本当デス」

どうやらこの占い師は、オウム返しにしか答えないつもりらしい。しかも男か女かどうにも判断しかねる声色といい、妙にぎこちない喋り方といい、胡散臭いことこの上ない。そもそも占い師かどうかも怪しいものだ。次第に馬鹿馬鹿しくなった私は、こんなところで時間を潰している場合ではないことを思い出した。

「――アナタノ探シテイル人ハ、見ツカリマセンヨ」

「なぁんだ、普通に喋れるんじゃ……えっ？」

確かに私は、ある人物を探していた。ある人物とは……簡単に言うと、私のお客さんだ。送った催促状が宛先不明で戻って来たのが今日の午前。半ば予想通りの展開だったが、何となく胸騒ぎがしてそいつのアパートを訪ねることにした。ところが地図を忘れ、記憶を頼りに方々探してみたが、結局道に迷ってしまった、と言う訳だ。しかしどうしてこの占い師に私が人探しをしていたことがわかったのだろう。マントに包まれた手を置いた小さなテーブルには、占いのための道具らしきものは何一つない。

「どうやって占ったんですか?」

「ドウヤッテ占ッタンデショウ」

「本当に占い師ですか?」

「本当ニ占イ師デス」

「本当は違うんじゃないですか?」

「本当ハ違ウンデス」

「じゃあ何をしている人なんですか?」

「ジャア何ヲシテイル人ナンデショウ」

「もしかしたら超能力者ですか?」

「モシカシタラ超能力者デス」

「ひょっとして魔術師ですか?」

「ヒョットシテ魔術師デス」

「そんなこと言って〜、やっぱり占い師なんでしょ？」

「ソンナコト言ッテ〜、ヤッパリ占イ師ナンデス」

またしても黒頭巾はこちらの言葉を繰り返すばかりだ。この際、黒頭巾が占い師でも超能力者でも魔術師でもいい。問題は、なぜ私が人探しをしていることを知っていて、なぜその人物が見つからないと断言できるのか、だ。

「——失セモノ屋ガ、絡ンデイマスカラ」

「失せもの屋が、絡んでいるだって？」

聞き慣れない単語を耳にした私は、ついオウム返しに問いかけてしまった。それが後々やっかいなことになるとも知らずに……。

「探シテイル人ニ会イタイデスカ？」

「探している人に会いたいです」

「願イヲ叶エタラ、何デモシテクレマスカ？」

「願いを叶えてくれたら、何でもしてあげます」

何かがおかしいと気づいた時には、もう手遅れだった。なぜか私はオ、ウ、ム、返、し、に、し、か話せ、な、く、な、っ、て、い、た。

「仮ニ願イガ叶ワナクテモ、文句ハ言ワナイデスカ？」

「仮に願いが叶わなくても、文句は言わないです。……ええっ？」

――そいつぁ、ありがてぇ♡

黒頭巾を取った顔を見て、我が目を疑った。
奴は人間ではなかった。
額の両脇から捻曲がった太い幹のような角を生やした巨大な獣。
ただならぬ雰囲気の――邪悪な顔をした山羊だった。

なるほどなるほど。私はいまの今まで山羊と喋っていたのか。そうかそうか、どうりで年齢も性別もわからないわけだ。だって山羊なんだから。そりゃ山羊に詳しければ雄雌の区別はつくだろうけど、山羊に接することなんてないでしょ、普通。動物園の飼育係じゃあるまいし……あまりの衝撃に頭がオカシクなりそうだ。とか言ってる場合じゃなく、事態は思ったよりも深刻なようだ。
いきなりマントの中から突き出された毛むくじゃらの大きな手には、いかにも化け物らしい鉤爪がついていて――、

ぎゃあああああああああああああああああああああああ

結局、山羊の頭を隠していた黒頭巾はとんだペテン師だった。願いを叶えるどころか、奴は私と自分の首をすげ替え（しかもかなり乱暴に）、さっさと姿を消した。

山羊の頭となった私は、どういう訳かここから動けなくなってしまった。もしかしたら、奴も同じような目に遭ってこの場に縛り付けられてしまったのかもしれない。何にせよ人探しどころではなくなった。もっとも尋ね人が見つかったとしても、いい結果は得られなかったように思う。どっちにしても酷い話だ。まあ、幸いなことにこの先どうしたらいいかだけはわかる。

悪魔というものは、とても頭がいい。嘘と真実を巧みに織り交ぜ、都合のいいように人間を誘惑する。当の本人が気づく頃には手遅れだ。

随分と待たされたが、やっと子羊が一匹迷い込んできた。人生相談、恋の悩み、何でもござれ。

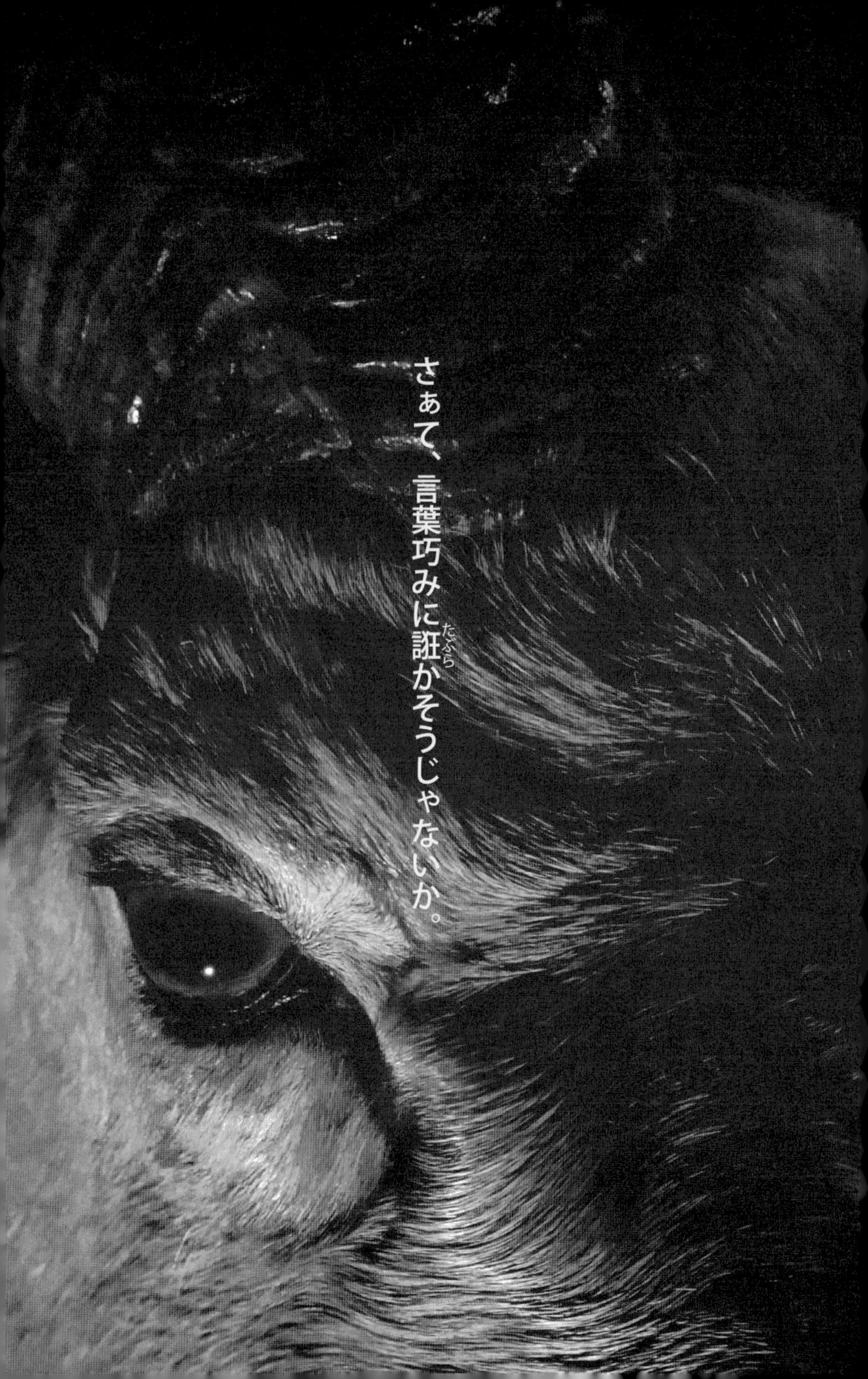
さぁて、言葉巧みに誑《たぶら》かそうじゃないか。

kodomonokuni

第参話

コドモノ國

2014
Kozue.K

「ここだわ――」

低めの門柱に掲げられた看板を確認した私は、折からの強風に舞い上がる髪を耳にかけ、今一度もらった地図を広げた。殴り書きに近いものだが、道順は簡単だった。太い線が駅から続く表通り、そこから枝分かれして頼りなく伸びる細い線がこの路地（みみずのような字でシダコウジと書いてある）、その突き当たり近くに目的地を示す矢印があった。

日当たりの悪い路地には間口の狭い家が連なり、商店も何軒かあったが建物はどれも古く全体的に陰気な感じがした。その上極端に人通りが少ない。少ないというか、さっきから猫の子一匹見かけない。動くものはといえば風に転がる空き缶くらいだった――そしてここも、門の中は桜の古木と伸び放題で乱立する棕櫚の木が風にざわめくばかりで、言い方は悪いかもしれないが、どう見ても廃墟の佇まいだ。しかし躊躇《ためら》う私を招き入れるかのように、簡素な鉄柵の門が音もなく内側に開いた。

恐る恐る入ってみれば、すぐに玄関ポーチがあった。脇に出窓のある洋風の棟があり、その先に木造校舎のような平屋が続いている。それらしい建物に幾らか安堵した私は、意を決して呼び鈴を押してみた。レトロ感たっぷりのブザー音が鳴り響いたが、何度鳴らしても人が出てくる様子は

ない。平日の昼下がりだというのに、誰もいないのだろうか……、

「ひや!?」

ふいに背後でガチャンという大きな音がして、私は心臓が飛び出るほど驚いた。見れば、閉め忘れた門扉が風に煽られ、ぶつかり合っただけのことだ。全く私は何をびくびくしているのか。このところ、あらゆることに臆病になっている。臆病というか、ひどく疲れているのかもしれない。

門を閉じ合わせ掛け金を下ろしたところで、何やら火薬のような匂いを鼻に感じた。次の瞬間、持っていた地図が燃えていることに気づいた私は、慌てて手を離した。炎に丸まりながら吹き飛ばされていく紙切れを呆然と見送り、視線を戻してギョッとした。

目の前に、小さなパンダがいた。

もちろん本物の動物ではなく、着ぐるみのようなパンダの頭部をすっぽり被った子供だ。

背丈からして五歳くらい。青緑色のスモックの裾からグレーの半ズボンを覗かせた少年は、手にマッチの燃えかすを持っていた。

「まあ……君ね、放火の犯人は」

私はなるべく優しく、しかし毅然とした口調で問いただした。しかしパンダ頭の少年は悪びれる様子もなく、被り物の中からくぐもった笑い声を漏らすと、あっと言う間に庭木の向こうへと走り去った。

「逃げ足が早いったら。でも火遊びをするなんて、良くないことだわ」

「そうね、ちゃんと注意するわ」

声に振り返ると、開いた玄関ドアのところに少女がいた。

同じようなスモックを着ていたが手足はすらりと長く、さっきの子供よりもだいぶ年上の、十代半ばくらいの背格好に見える。

「驚かせてごめんなさい——コドモノ國へようこそ」

少女は、羊の頭を被っていた。


「大人の人は、いないのかしら?」

「今はいないわ」

通された応接間で、私と差し向かいにソファに座ったのは一番年上と思われる羊頭の少女だった。少女の背後には、動物の頭を被った十人ほどの子供たちが好奇心を抑えきれない様子でこちらを伺っている。おチビさんたちは兎、次がパンダ、ロバの子もいる……私に悪戯をしたパンダ頭の少年は目が合うと(合ったような感じがすると)、ロバ頭の少年の後ろにさっと隠れた。それにしても、どうして揃いも揃って動物の頭を被っているのか。可愛いと言えば可愛いが、表情が見えないせいで

2014
Kozue.K

妙に落ち着かない気持ちになる。

「もしかして、お遊戯会の練習中だったのかしら」

「お遊戯会？　何のこと？」

羊頭の少女は、呆れた様子で肩をすくめた。

「じゃあどうしてみんな、そんな格好を？」

「防犯上の理由よ。素顔は見せないようにしているの」

言われてみれば一理ある。いわゆる孤児院や、児童保護施設などには様々な問題を抱えた子供がいる。時に、強引に子供を連れ出そうとする大人もいる中、顔がわからないようにしておくのは有効な手段のようにも思えた。しかし――、

「――たの？」

「え？」

羊頭の少女の話を聞いていなかった。

「だから、どうやってここを知ったの？」

そういえば……私はどうしてここに来たのだろう……職安に不採用の報告をして、投げやりな気持ちで知らない駅で電車を降りた……当てもなく歩いて……そうだ、占いを……。

「黒頭巾に聞いたのね」

「ええ……確かに黒づくめの格好だったわ。少し変な話し方をする占い師さんだったけど、親切に悩みを聞いてくれて……そう、その人がこの孤児院での求人を教えてくれたのよ」

私の話を聞いた子供たちは、なぜか一斉にくすくすと笑い出した。しかし羊頭の少女がパチンと指を鳴らすと、全員が口をつぐんで姿勢を正す。

「そういうことなら、早速手伝ってちょうだい」

立ち上がった羊頭の少女は、応接間のドアを開けた。

この少女は中々のしっかり者のようだが、もう少し目上の人間に対する礼儀をわきまえた方がいいかもしれない。十代の女の子に必要なのは、威厳よりも可愛らしさだと私は思う。

「せっかくだけど、やっぱり日を改めるわ。孤児院の人がいる時に――」

「早く来て」

羊頭の少女は私の言うことなど聞かず、子供たちを引き連れて足早に出て行った。

まず最初に頼まれたのは切れた電球の交換だった。大人の私が脚立を使ってなお背伸びをしなければ手が届かないような、子供には到底無理な場所が院内には沢山あった。ロバ頭の少年と少女が代わる代わる電球を渡す側で、パンダ頭の少年が隙あらば脚立に悪戯しようと狙っていた。

次に納戸から冬物の布団を各部屋に運ぶ作業。パンダ頭の仲良し少女二人組が重たい布団袋を運ぶ私を誘導してくれたのだが、これが恐ろしく大変だった。木造校舎風の建物は、平屋に見えたが増改築を繰り返した奇妙な造りだった。部屋と部屋の間に意味不明の段差があったり、二度三度と階段を昇り降りしなければ次の部屋に行けなかったり、かと思うと、いつの間にか元の場所に戻ってしまったり。重たい布団袋を持ってふーふー言いながら運ぶ私の足元を、兎頭のおチビさんたちが駆け抜けていった時には本当にひっくり返りそうになった。そんな様子を見ながら、パンダ頭の少女二人は仲良く頬を寄せて合って楽しそうだった。

やっと布団運びが終わったと思ったら、羊頭の少女に台所に連れて行かれた。広い調理台の上にずらっと並んでいたのは大小様々な刃物——文化包丁、菜切り包丁、出刃包丁、ペティナイフ、ナタなどなど、挙げ句の果てに大型のノコギリまであった。

「これ、全部研ぐの?」

私はよほど嫌な顔をしたらしい。羊頭の少女はノコギリを両手で持ち上げると少し考え、床に放り投げた。

「これはやらなくていいわ」

「当たり前よ、ノコギリなんて研いだことないもの」

私たちは少し笑い合った。

私は、しゅっしゅと刃物を研いでいく。
外では、棕櫚がばさばさと揺れている。

その後、来客用の煙草と洋酒（ワイン三本とブランデー二本）、缶詰などの保存食を買い出しに行かされた。いっそこのまま帰ってしまおうかと思ったが、気づかぬうちに兎頭のおチビさんの一人がついて来ていて、戻らない訳にもいかなくなった。

何となく体良く使われてしまったが、充実感もあった。数ヶ月前まで保育士をしていた私は、久しぶりに子供に接することができて嬉しかったのだ。職安で紹介された事務職も幾つか受けたが、やはり私は子供に関わる仕事がしたい。明日にでも、ちゃんとここの面接を受けさせてもらおう。

ずいぶん時間が経ったように思えたが、まだ夕陽が残っていて、相変わらずの強風が鉛色の雲を西へ西へと押し流していく。私は酒屋の紙袋を抱えながら、ぐずり出した兎頭の子をおぶって孤児院への道を急いだ。

羊頭の少女が熱い紅茶を淹れてくれた。
私は我が家にいるような気分でくつろいだ。
子供たちに囲まれてとても幸せだった。

子供たちに囲まれてとても幸せだった。
私は我が家にいるような気分でくつろいだ
羊頭の少女が温かい紅茶を淹れてくれた

「勤めていた保育園を突然解雇されるなんてこと、本当にあるのね。しかも後輩に恋人を寝取られちゃうなんて。年増の独身女性には、大きな痛手ね」

「おまけに職安で紹介された仕事、ぜ〜んぶ不採用だなんて何が悪かったのかしら。色々と気が滅入ったかもしれないけど、このご時世ですもの、もっと悲惨な人は沢山いるわ」

　羊頭の少女は饒舌だった。こんな年下の子に大人の事情を話すのはどうかと思ったが、むしろ子供相手だから打ち明ける気になったのかもしれない。洗いざらい話してしまうと、すっかり気持ちが楽になった。

「でも、あなたは運が良かったのよ。運が良いといっても、黒頭巾は女の人はまず襲わないわね。まあ、世の中には毛深い女もいるけど、程度問題だわ」

　言いながら羊頭の少女は、また紅茶のおかわりを注いだ。二杯目の紅茶を飲んだあたりからだろうか、手足が痺れるような感じがして、頭もぼんやりしてきた。

「どう考えても、あんな毛むくじゃらの体にあなたの頭は不釣り合いだもの」

　毛むくじゃらの体？　私の頭？　羊頭の少女は一体何の話をしているの？……そんなことより、私の話をもっと聞いて欲しい……私ね、可愛い花嫁さんになりたかったの。大人になったら誰でも幸せな結婚ができるんだと思ってた……でも男運ないし、職場の人間関係は面倒だったし、我慢と諦めとため息ばっかり。大人になって、これっぽっちもいいことなんてなかったわ。

　子供の頃は毎日がきらきらしていた。

　あの頃に戻りたい。

　子供の頃に戻りたい。

　大人はもう嫌。

　子供がいい。

　子供に戻りたい。

　子供に戻りたい。

　子供に戻りたい。

「戻ればいいじゃない」
羊頭の少女が投げ捨てるように言った。

「けど姉ちゃん、ずいぶんデカくなっちまったもんな」

初めて聞くパンダ頭の少年の声に、違和感を抱いた。

「小さくすりゃいいだろ」

「ああ、そうだ」

「そうよそうよ」

子供たちが口々に言った。

「みんな、やるよ！」

兎頭のおチビさんが声高に言うと、子供らは一斉に私に飛びかかってきた――。

あっと言う間に、左の手首が切り落とされた。私が研いだ肉切り包丁を手にした羊頭の少女は腕の長さを更に切り詰め、肘の辺りにひくひくと動く手首を器用に縫い付けた。

「ほら、子供サイズになったわ」

兎頭のおチビさんは余分な腕の一部をゴミ箱に捨て、ロバ頭の少年と少女は大きなハサミで邪魔な服を切っていく。髪は羊頭の少女によって手早く二本の三つ編みにされた。巨大なノコギリをよいしょと持ち上げたパンダ頭の仲良し二人組は、私の太腿にギザギザの歯を押し当てるとリズミカルに引き始めた――。


不思議と痛みは感じなかったが、肉と骨を切られるのは胸の悪くなるような感触で、自分の血の匂いに何度も吐きそうになった。四肢は全て短く作り替えられ、乳房と尻の余分な肉も削ぎ落とされた私は、血だらけの、産まれたばかりの赤ん坊のような姿になった。

ひと仕事を終えた子供たちは、私が寝かされたベビーベッドの近くに大きな食卓を運び、オイルサーディンやオリーブの缶詰を開け、酒瓶とグラスを並べた。宴会の準備が整うと次々に動物の頭を脱ぎ捨て、清々とした様子で席についた。

「捜索願を出されたって見つかりっこないよ。あんたのことは、失せもの屋が上手くやってくれるから。あれこれ心配せずとものんびり構えていればいい」

「大人の手が必要になったら、また求人を出せばいいのよ。手伝ってくれる輩はいくらでもいるからねえ」

彼らの声は子供にしては低すぎて……声だけではない、その顔はどう見ても……。

「なあに、少しすれば動けるようになるってもんさ」

そう言って煙草に火をつけたのは、たぶんパンダ頭の——見れば彼らの手足にも縫い傷があった。

しかも皮膚は弾力を失い、骨張ってシミだらけの老人のそれだ。どうして今まで気づかなかったのだろう……彼らは皆、大人から子供になった人々だった。

「あなたもこれで、コドモノ國の一員よ」

一人だけ被り物を脱がず瑞々しい手足のまま佇むのは、羊頭の少女だった。

「さあ、私たちとずっと遊んで暮らしましょう」

老いた子供たちは再び動物の頭を被ると、新入りの私を歓迎するお遊戯を始めた。

彼らのゲラゲラと笑う声を子守歌に、私は深い眠りにおちた。

saka-bar

第四話 酒屋《さか》酒場《バー》

「酒屋のおじさんがバーのマスターもしているのね」
「はい、全部一人でやっているものですから」

「私ね、ちょっと前に、上のお店に来たことがあるのよ」
「おやおや、そうでしたか」

「覚えてない？　私のこと」
「配達に出ている時もありますから」

「開けっ放しで配達するの？」
「こんな店に盗みに入る人間なんていませんよ」

「ずいぶん不用心なのね。確かにこの辺りのお店はどこも同じような感じだわ。古臭いっていうか、陰気っていうか、やる気がないっていうか」

「若い方は特にそう思われるのかもしれませんね」

「若い若くないは関係ないと思うけど。でも変ね。私、その時に買い物をしたわ。果物ナイフと町指定のゴミ袋とチョコレートと……酒屋なのに何でも売ってるんだなって思ったんだもの」

「この小路にはコンビニエンスストアはありませんから、うちでは大抵の物を揃えています。ラビットフードもあるし、丈夫な麻縄だってあります」

「……」

「どうかしました？」

「別に。じゃあ、やっぱり会ってるじゃない。私、おじさんのこと覚えているもの。何ていうか、最初はこの家の子なのかなって思ったの。だって小柄だし、顔立ちも童顔って言ったらいいのかしら。私とそんなに年が変わらないのかなって」

「とっちゃん坊や」

「何それ？」

「おっさんの癖に子供っぽいという意味です」

「だからね、声がおじさんでびっくりしちゃった。あ、そうそうジュースも買ったわ。レモンジュース、お店の奥から出してくれたじゃない」

「それは兄ですね」

「お兄さん？　嘘よ、おじさんだわ」

「双子の兄もすぐ近くで店をやっているんです。兄の店はめったに人が来ませんから、私の出かける姿を見かけた時は店番をしてくれるんですよ。頼まなくても」

「双子のお兄さんは、何のお店をやっているの？」

「うーん、思い出の品を扱っているって言えばいいのかな」

「骨董品とか？」

「まあ、そんなところです」

「骨董屋なんて、確かに暇そうね」

「お嬢さんみたいな美少女がいらしたら、私だって覚えていますよ」

「お世辞を言うのもバーテンの仕事よね」

「いえいえ、本当です」

「それにしても、酒屋さんの地下にこんなバーがあるなんて全然知らなかったわ」

「特に宣伝してませんから」

「儲かる？」

「どうでしょう」

「ところでバーテンさん、お客がこうしてカウンター席に座っているのに何も飲み物が出て来ないって、どういうことかしら」

「申し訳ありません。しかしそれは先ほども申し上げた通り、本来は入店もお断りしています」

「未成年だから？」

「はい。お嬢さんですと、あと五年くらいかな、成人なさったら是非いらして下さい」

「五年じゃないわ、あと七年よ」

「それは失礼致しました」

「それまでお店があればいいけど」

「手厳しいですね」

「お酒に酔うってどんな感じ？」

「うーん、気が大きくなる人もいれば、笑い上戸になったり泣き上戸になったり、人それぞれです」

「私はふわふわした気持ちになりたいわ。自由に空を飛んでいるみたいな感じがいいな」

「お酒、飲んだことないんですか？」

「当たり前じゃない、未成年だもの」

「そうでした」

「ねえ、バーのマスターって楽しい？」

「どうでしょう。でもお客様の話を聞くのは嫌いじゃないですよ」

「酔っ払いのサラリーマンのグチでも？」

「まあ、そうですね」

「私は酔ってても酔わなくてもグチなんて言いたくないわ。グチを言っても何も解決しないもの」

「強い方なんですね」

「無駄なことをしたくないだけ」

「なるほど」

「それに楽しいお喋りをした方がずっといいでしょ」

「私も楽しいお話の方が好きです」

「じゃあ、私の話も聞いてくれる？　サラリーマンのグチよりずっと楽しいと思うわよ」

「そうですね、少しだけなら」

「私ね、去年の春に中学生になったの」

「それはおめでとうございます」

「もう一年近くも前なんだから、めでたくもないわ。でもね、私、その入学式で新入

生代表として挨拶をしたの」

「ほう、それは凄いですね」

「本当にあの日は晴れ晴れしかったわ。校庭に咲く満開の桜が講堂の中にも舞い込んできて、私のことを応援してくれてるみたいだった。もちろん挨拶文も私が書いたのよ。私、けっこう文才があるの。この前の作文コンクールでも最優秀賞を取っちゃったのよ。担任の先生は大喜びで、学年主任の先生にも褒められちゃったわ。当然、クラスでは人気者。自分で言うのも何だけど、この容姿でしょ。正直言ってモテまくり。でもね、私が好きになった男子は凄くクールで私のことを無視するの。でもそれって照れ隠しだったのね。文化祭の後、私がひとりで片づけしてたら手伝ってくれて告白されちゃったの。そのことを一番仲良しの女友だちに教えたら、夜中にうちに押しかけて来ちゃってもう大変。お布団の中で一晩中アレコレ聞かれたわ。私たちったらバカみたいに笑い転げて――」

「どうぞ」

「何これ？」

「マティーニです」

「こんなことしたら営業停止になるわよ」

「そうですね。でも飲みたい気分なんでしょう？」

「ふーん、飲みたい気分って、こういうことか」

初めて口にした強い酒は、喉と食道を焦がしながら胃の中に落ちていった。ほんの少しの間を置いて、体の内側から一気に全身が熱くなる。その感覚はあの日の——捕まえた小さな蝶を握り潰した時と少しだけ似ていた。本当のことを言えば、未成年者にアルコールを提供したバーテンに話したことは全部作り話だ。クラスの人気者？　女友達と恋バナ？　馬鹿馬鹿しい。私はたった一人で地獄のような学校生活を戦い、生き抜いてきたのだ。そもそも入学式を含む三日間、風邪をこじらせて欠席したのが間違いだった。凡庸で群れることを好むクラスの女子はすでに徒党を組み、遅れて登場した私の存在は無視された。自分の顔の造作などに興味はないが、常に美少女と形容される私は、彼女らの言葉で言えばウザかったのだ。それは仕方ないとして、担任までもが自分の低能を棚に上げ、私の書いた哲学的な作文を以て精神異常者呼ばわりした。ともかく聡明な美少女が教師を含めたクラス全員のいじめの対象になるのは当然にして必然。更にリーダー格である盛りの付いた雌豚が熱を上げていた生徒会長から、その雌豚の前で恋の告白をされるという迷惑極まりない事態により、私のいじめに拍車がかかった。もちろん私は誰にも助けを求めなかった。いじめと言ってもたかが人生の一時期。事が大きくなって、むやみに同情されるのは真っ平ごめんだ。ましてや家族に知られようものなら、私のプライドが許さない。あの日、児童公園の水道で給食の代わりに食べさせられたティッシュペーパーを吐いていた時のことだ。気がつくと水道の蛇口を握る手の、制服の袖口に白い蝶がとまっていた。反対の手で慎重に覆うと、蝶は簡単に捕まえることができた。自分の手中に儚い生命を感じた瞬間、私は躊躇《ためら》うことなく拳に力を込めた。粉々になった羽と染み出た体液で汚れた手のひらを見た時、不思議な高揚感に包まれた。全身に力が漲り、それはまるで光輝く世界に招かれたような感覚だった。所詮私も十代の小娘。あらゆる感情をコントロールしていたつもりでも、心身は疲弊していた。何処かに拠り所を求めていたのだ。しかし対処法がわかれば後は簡単だった。A子に制服を切られた時は父親が大事にしていた熱帯魚を踏みつけ、B子に使用済みの生理用ナプキンを口に突っ込まれた時には弟のハムスターを引き裂いた。そしてC子に髪を燃やされた時、学校の飼育小屋の兎を絞めた。兎はとても良かった。手触りの良い毛並み、愛くるしい姿。無抵抗な彼らを殺《あや》めると、何物にも代えがたい快感が得られた。学校には無駄に大きな兎の飼育小屋があったので、毎日さらっても尽きることはなかった。自室に兎の死骸が増えるにつれ、自分が全知全能の神になったような気分になった。恐らく私をいじめている奴らも似たような感覚を味わっているのだろう。しかしままごと遊びに興じる奴らと私は全く違う。私はこの幼気《いたいけ》な兎を情け容赦なく殺すことができる。元気に暴れる足を断ち、艶やかな目を抉り、薄い皮膚に覆われた腹を割いて臓物を引きずり出すことがお前らにできるか。私にはできる。私は何度でも、何百回でも、兎を殺す。殺し方が酷ければ酷いほど、惨たらしいほどに私は満たされる。ほとばしる鮮血と臓腑が放つむせ返るほどの匂いの中にこそ、唯一私を救うことができる喜びの世界があるのだ。兎の殺戮がもたらす素晴らしい多幸感に私は酔いしれた。

そんなある日、さらってきた一羽が私の手を強く噛んだ。

驚いた私は兎を放り投げ、その場にうずくまった。

見ると親指の付け根が小さく切れて血が出ていた。

どくんどくん。

痛みは脈を打つように伝わってくる。それはみんなに殴られたり蹴られたりしている時とは全く別の、胸が締め付けられるような痛さだった。

どくんどくん。

兎は少し離れた場所からビー玉のような瞳で私を見つめていた。

緊張した様子で両耳をピンと立て、じっとしている。

私は四つん這いでゆっくりと近づき、そっと手を伸ばした。

——私が怖い？　また噛む？

どくんどくん。

——いいよ、噛んでもいいから。

兎は逃げなかった。

抱き上げた小さな体は柔らかくてとても温かだった。

私は兎を抱いたまま、初めて泣いた。

「そろそろ行くわ」

「出口はそちらのドアです」

「ねえ」

「なんでしょう」

「こんなに長い階段だったかしら」

「そうですね、だいぶ長い階段ですね」

「上まで昇ったら息が切れそう」

「案外すぐですよ」

「一緒に来てくれないの？」

「私はここでお見送りさせて頂きます」

「私、今どんな顔してる？」

「天使のように穏やかで、美しいお顔です」

「ふーん」

「美しいと形容されるのはお嫌いでしたか？」

「ううん、嬉しい。ありがとう」

「どういたしまして」

「じゃ、バイバイ」

「さようなら」

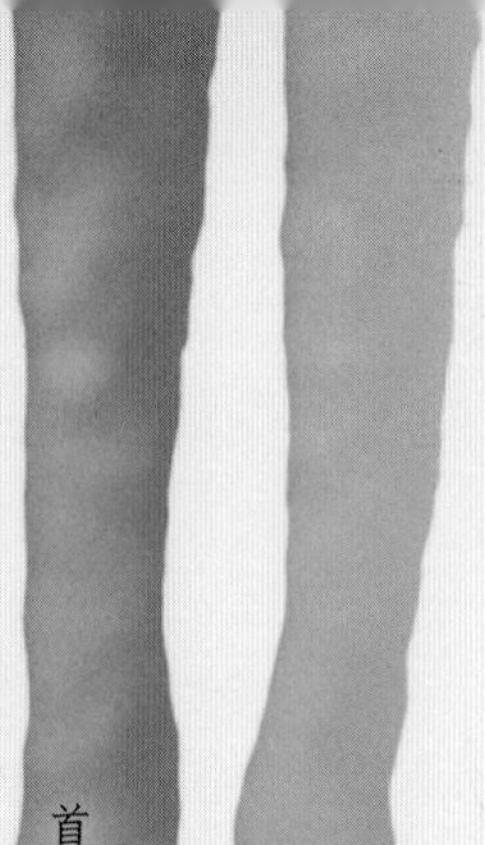

それは、有名私立中学一年の女子生徒が自室で首吊り自殺をしたという小さな記事が夕刊に掲載された夜の出来事だった。

遺書はなく、成績優秀でクラスでも人気者だった少女の自殺の動機は全くわからなかった。更に不思議だったのは、整理整頓された部屋の中、ぶら下がった彼女の足元に一羽の兎がいたことだ。兎は少女のペットではなく、後の捜査で近くの児童福祉施設の飼育小屋から盗まれたものであることがわかった。

さびれた酒屋の地下にある酒場には、時折こんな客が迷い込んでくる。

第伍話

みどりさん

midori-san

Kozue.T
2014

俺がこの路地裏の病院にやって来たのは、正面玄関に西日がかろうじて射し込む最後の時間だった。平日の夕方といえばそれなりに混み、ある程度待たされるだろうと覚悟していたが、待合室には一人の患者の姿もなかった。こんな閑古鳥が鳴く病院にかかるのは気が進まなかったが、近場で心当たりは他にないのだから仕方ない。それにしても、この寒い待合室はどうにかならないものか。病院といえば少し温かすぎるくらいに室温を設定するものだろう。暖房設備が壊れているか、もしくは極端に節電しているか。冷たそうなブルーのビニル張りの長椅子に座る気にもなれず、少しでも暖を取ろうとレインコートの前をきつく合わせた。

ふと、誰かの視線を感じて顔を上げた。

視線の主は、すぐそこの壁に飾られている肖像画だった。従軍看護婦のような古めかしい制服を纏い、華奢な首筋を見せてこちらを振り向いている。彼女の切れ長で虚ろな瞳が、俺のことを見つめていた。

美しい女だと思った。

女というより、まだ少女かもしれない。あどけなさを残す頬に小さな口元、可憐でありながらどこか危うい色香もある。俺は絵のことなどまるでわからないが、妙に心惹かれるものがあった。

もしかしたら幼く見えるだけで、男を知り尽くした大人なのかもしれない。時代がかった看護服も禁欲的でそそられる。こんな艶めいた女に看てもらえるなら、病院の世話になるのも悪くない。

「お熱、計ってくださいね」

声に振り返ると年配の看護師が電子体温計を差し出していた。白髪交じりの髪を無造作にまとめた痩せぎすの女だ。俺は受け取った体温計をその場で腋に挟み、立ち去ろうとする看護師を呼び止めた。

「この人は、病院の関係者でしょうか？」

背後の絵を指し示す俺に、看護師は怪訝な顔を向ける。

「いやぁ、病院の待合室に看護師さんの絵が飾られているのは、結構珍しいんじゃないかと思いましてね。別に深い意味はありませんけど」

なるべく愛想良く訊ねると、看護師は少しだけ警戒心を和らげた。

「警察の方、でしたっけ」

「ええ、まあ。すみません、質問するのが癖になっていまして」

職業的好奇心を装い、不躾なことを聞き出せるのは刑事の特権だ。知ったからといって別にどうこうすることはないが、いや、白状すれば職務上知り得た情報を私的に利用したことがないとは言えない。

「みどりさんは——」

背筋を伸ばした看護師は、壁の絵と向き合った。静かに絵を眺めるその横顔が、一瞬描かれた看護師に良く似ているように見えたのは気のせいか。

「この方は、院長先生の愛人でした」

「愛人……」

看護師は急に十も老けたように腰を曲げ、小さく縮こまった。そして意味深な笑みだけを残して、あっという間に消えてしまった。

一人になった俺は、腋の下の体温計を落とさないようにしながら待合室の長椅子に腰を下ろした。椅子は思ったほど冷たくはなかったが、座ってすぐに妙な音に気がついた。水の音だ。締まりの悪い蛇口からちょろちょろと水が漏れているような音が遠からず聞こえる。音の出所を確かめたい気もしたが、一度座ってしまうと、もう動きたくなかった。

絵の中の看護師と目が合った。

それにしてもどうして誰もいないのか。患者ばかりか、受付にも会計にも職員の姿がない。そもそもこんなに空いているのに、なぜ診察の順番が回ってこない？ 億劫だったが念のため、カウンターの上に置かれた『初診受付』と書かれたプラスチックのケースを覗きに行った。保険証も、一緒に出した診察申し込み書もケースに残っていない。つまり受付はされている。俺はカウンターにもたれながら天井近くのスピーカーを見上げた。もうじきあそこから診察室にいる医師がマイクで俺の名前を呼ぶ声が聞こえるはずだ。

絵の中の看護師と目が合った。

彼女は俺のことをずっと見ている。

本格的に具合が悪くなってきた。寒い。寒くて堪らない。もう少し暖房の温度を上げて欲しい。それが無理なら、せめてあの水の音を何とかしてくれ。聞いているだけで寒気がする。さっきの婆さん看護師が戻ってきたら苦情を言ってやろう。そういえば体温計がまだ鳴らない……取り出して見ればほんど上がっていなかった。冷や汗に濡れた腋をシャツで拭って再び挟んだ。

絵の中の看護師と目が合った。

みどりさん、か。

院長の愛人とは少なからず驚いた。そんな女の絵を待合室に飾るとは酔狂な話だ。あの看護服の感じだと昭和の初めかそれ以前、つまり先代か先々代の病院長の女ということになる。彼女は絵に描かれた時、何歳だったのだろう。愛人と言うからには二十歳はすぎているのかな。待てよ、昔のことだ、もっと若いかもしれない。細い首筋や未発達な胸元はせいぜい十五、六。院長が初めての相手だったとしたら、親子ほど年の違う男に体を開くのはさぞかし嫌だっただろう。破瓜の痛みに耐えさえすれば女の悦びが待っていることなど、その時の少女にはわかるまい。

いや、ひょっとしたら院長を誘惑したのは彼女の方ではないだろうか。あの妖艶な眼差しで見つめられたら勘違いする男は多いはずだ。純潔でありながら男を惑わす魔性の少女。たぶん彼女は、どんなに激しい行為をされても表情ひとつ変えないに違いない。男が躍起になればなるほど、冷ややかに醒めていく美貌の少女。それはまるで物言わぬ屍のようで……、

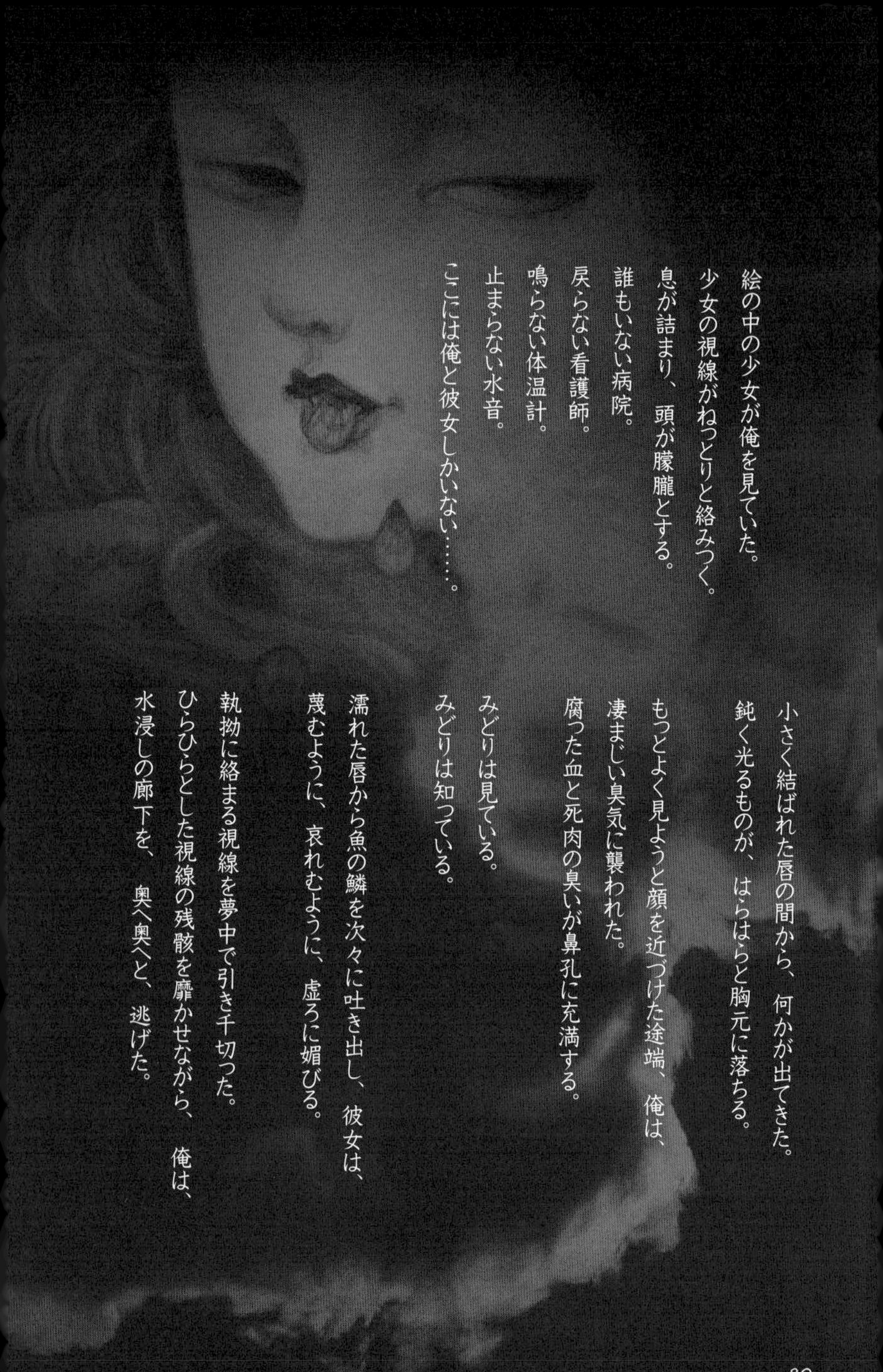

絵の中の少女が俺を見ていた。
少女の視線がねっとりと絡みつく。
息が詰まり、頭が朦朧とする。
誰もいない病院。
戻らない看護師。
鳴らない体温計。
止まらない水音。
ここには俺と彼女しかいない……。

小さく結ばれた唇の間から、何かが出てきた。
鈍く光るものが、はらはらと胸元に落ちる。
もっとよく見ようと顔を近づけた途端、俺は、
凄まじい臭気に襲われた。
腐った血と死肉の臭いが鼻孔に充満する。

みどりは見ている。
みどりは知っている。

濡れた唇から魚の鱗を次々に吐き出し、彼女は、
蔑むように、哀れむように、虚ろに媚びる。

執拗に絡まる視線を夢中で引き千切った。
ひらひらとした視線の残骸を靡かせながら、俺は、
水浸しの廊下を、奥へ奥へと、逃げた。

「やめてくれ！」
倒れ込むようにしてぶつかったのは、霊安室のドアだった。

微かに線香の匂いのする室内は、眩しいくらいに明るかった。

簡素な寝台の上、白い布が人型に膨らんでいる。

その大きさと形状に強い既視感を感じつつ、布に手を伸ばした。


「お久しぶりです、刑事さん」

　振り返ると白衣を着た女性がいた。

「ああ先生、その節はお世話になりました」

　彼女は数ヶ月前、とある自殺者の死亡診断書を書いてくれた医師だった。見覚えのある顔に安堵すると同時に体が冷え切っていることを思い出した。

「先生、何だかずっと悪寒がしているんですよ」

「体温は？」

「計っているんですけど、この体温計壊れてませんか？　いつまで経っても鳴らなくて」

　取り出した体温計は、先ほどと同じ29℃と表示されていた。

「室温が12℃でしたから、直腸内の体温が29℃だと死後六、七時間経過というところですね」

「え……」

　医師の言葉に一瞬戸惑ったが、どうやら件の検死の話をしているらしい。遺体が自室で発見されたのは夜の十時過ぎ。死亡推定時刻から若い仏さんは学校から帰宅した直後に自ら命を絶ったと考えられた。事件性はなく自殺で処理したのは、この俺だ。

　やりとりを思い出しながら、少なからず違和感を覚えた。目の前の医師が、記憶の中の風貌とずいぶん違うように思うのだ。俺の意識が朦朧としているせいだろうか。

「どうかしました？」

「いいえ。でも何だか先生が以前より、お綺麗に見えて」

「まあ、お世辞でも嬉しいわ」

　少し微笑むと、途端に華やいだ印象になる。

　彼女はこんな風に笑うのかと不思議な気持ちになった。

「お世辞じゃないですよ、だって今日の先生は、あの絵に描かれた女性に――」

　思わず言葉を飲み込んだ。

　今や医師は、待合室に飾ってあった絵の女と瓜二つだ。

「ねえ刑事さん、彼女の名前、覚えてます？」

　絵の女に問われたような気がした。

「確か、みどり……」

「私も同じ名前なんですよ。面白い偶然でしょ」

　俺は信じられない気持ちで医師の名前が記されたＩＤカードを見ていた。全身から冷や汗が吹き出し、急に吐き気をもよおした俺は慌てて体の向きを変え、床へと吐いた。コンクリの床を流れる水と共に排水溝に吸い込まれていくのは吐瀉物ではなく、なぜか真っ赤な鮮血だった。

　俺はいつの間にか解剖室の寝台に横たわっていた。

　寝台の冷たいステンレスが体の芯まで冷やしていく。

　ずっと聞こえていた水の音は、この音だったのかもしれない。

　だとしたら俺は、いつからここにいるのか……。

「霊安室と解剖室は、表の廊下を通らないで行き来できるようになっているんです。他の患者さんもいますしね」

　話をしながら医師は俺の服をハサミで切り刻んだ。ひらひらと床に落ちる布切れを、いつの間にやってきたのか、腰の曲がった看護師が這いつくばって拾い集めていた。

「刑事さんがみどりちゃんに会ったのも、この部屋でしたものね」

　医師が口にした名前が魚の小骨のように喉にひっかかる。

「あら、今、覚えているって仰ったじゃないですか」

　俺が言ったのは絵の女の名前だ。

　いや、この女の――医師の名前だ。

「私が聞いたのは、亡くなった少女の名前ですよ」

　ぎくりとして顔を横に向けると、俺の隣に白い布に包まれた遺体が横たわっていた。

「何度か霊安室にいらしてましたよね、お仕事でもないのに」

　医師は全裸に剥いた俺の体を撫で回す。

　体中の血液が下半身の一箇所に集まる。

　抑えがたい欲望に、俺の雄が猛々しくいきり立つ。

　俺は今すぐこの女を叩きのめしたいと思った。

　生意気な口を利かない、冷たく美しい屍にするために。

「あなたは好きなのね、死体が――」

　耳に熱い囁きを感じた途端、熱い雫が少し溢れた。

　医師が白衣を脱ぐと同時に、遺体を包む白い布も床に落ちた。

　そこにはまた、同じ顔をした少女が薄目を開けて死んでいた。

　記憶の中で何度も犯した下半身は、今やぐずぐずに腐敗して悪臭を放っている。少女は薄ら笑いを浮かべると、崩れた陰部を見せつけるように大きく足を開いた。

　同じ顔をした女盛りの医師がのしかかる。

　同じ顔をした年老いた看護師が寝台によじ登ってくる。

　同じ顔をした少女が、同じ顔をした女たちが、俺を誘う。

「みどりさんのセックスを教えてあげるわ」

　ぱっくりと割れた生臭い粘膜が、涎に濡れて笑っていた――。


寝台に横たわっていたのは、首に鬱血の跡を残した少女の遺体だった。

可憐な美少女は、うっすらと目を開けたまま眠っていた。

閉じてあげようと冷たい瞼に触れた時、俺の中で何かが狂った。

うぶな処女は股から血を流して女になった。男の白濁を嫌というほど注ぎ込まれ、飲み込むほどに娼婦になる。教えるつもりが教えられ、誘うつもりが誘われて。体中から雌の匂いを漂わせ、夜な夜な男をくわえ込む。老いて女の穴が乾いたら、歯のない口で食わない。穴と

口は使いよう。最後の雫も搾り取れ。女はみんなみどりさん。男を惑わすみどりさん。みどりさんに気をつけな。みどりさんに気をつけな。みどりさんに気をつけな。みどりさんに気をつけな。みどりさんに気をつけな。みどりさんに気をつけな。みどりさんに気をつけな。みど

俺は女たちに何度も射精させられた。
体液と血で濡れた肉の裂け目に、
消毒液の香る明るい虚空に、
何度も何度も。
快感が走るごとに、俺は深い死の淵に溺れていく。
そしてまた、精を放った。

第六話

市松商事

ichimatsu-shouji

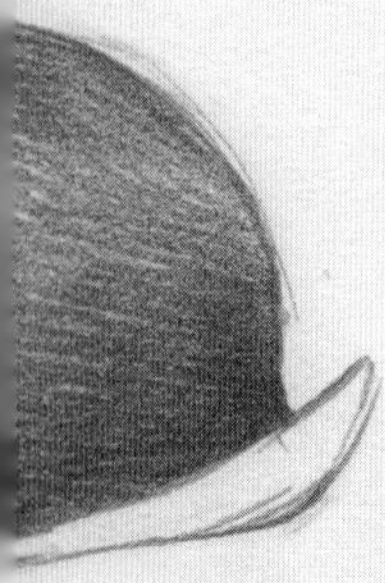

2015
Kozue.K

「どうぞどうぞ、お入り下さいまし。そこにおかけになって、お茶を淹れますから……あらやだ、お湯が沸いてないわ……ごめんなさいね、でもお湯なんかすぐに沸きますから。あらあら、そんなところに立っていないで、本当にかけて下さいな。お茶、すぐですから。それにしてもオンボロのビルでびっくりなさったでしょう。そりゃ昔は色んな会社が入っていましたよ、けど今はもうウチだけ。ずっとここで商いやってますから、今さら余所さんに移るのもねぇ。歴史だけは長いんですよ。もちろん創業当時はビルなんてありゃしませんよ、掘っ立て小屋みたいな処で。あら、この話はさっきもした？　いやぁねえ、年を取ると何度も同じこと言っちゃって。ええ、あたしで十三代目。社長ったって他にやる人間がいなかっただけなんだから。本当はね、兄がいたんですよ。でも家を出ちゃったから仕方なくあたしが。まあ、兄は商売に向くタチじゃなかったから、どのみち無理だったでしょうけど。でも血は争えないっていうか、何でも白黒つけないと気が済まない性分でした、兄は。そんな性格が災いしたのか、早死にしましてね。ずいぶん長い間寄りつかなかったのに、何の因果かウチの隣にあった病院に担ぎ込まれて。殺されたんですよ。刑事なんかになるから、バカバカしいったらありゃしない。下手な正義感振りかざして、ブスリとやられたんでしょうよ。犯人なんてみつかりゃしないですよ、もうずいぶん前のことですから……はい、お茶どうぞ」

路地裏にある古い雑居ビルの入口で私に声をかけたのは、まん丸の顔に黒縁の丸眼鏡をかけたおばさんだった。ぶ厚いレンズのせいで小さく見える目を細め満面の笑みを浮かべたおばさんは、私の用件をろくに確かめもせず建物に招き入れた。彼女は相当な話好きらしく、二階の奥にあるというその会社へと案内してくれる間、ずっとペラペラ喋り続けた。丸々と太った体を白いブラウスと黒いジャンパースカートに押し込み、短い手足を大儀そうに動かしながら階段を上る姿は、誰かに似ている……出かかっているのに言葉にならず、もやもやとしているうちに到着した。

事務の人だとばかり思っていたおばさんは、その会社『市松商事』の社長だった。社長といっても他に従業員がいる様子もなく、一人でやっているみたいだ。殺風景な室内にはスチール製のキャビネットと電話だけ置いてある事務机が一つ、そして今、私たちが差し向かいで座っている簡素な応接セットがあるだけだった。

「お茶、冷めないうちにどうぞ」

差し出された茶碗を見て、少しばかり困惑した。冷めないうちにと言うわりには湯気が立っていない。しかもかなり薄そうだ。口をつけてみると案の定、お茶というより白湯、いや白湯というよりただの生ぬるい水だった。どうやら彼女は少々せっかちな性格らしい。たぶんお湯が沸くまで待てなくて、慌てるあまり茶葉をほんの少しか、もしかしたら入れ忘れたのかもしれない。何にせよ、カラカラに喉が渇いていた私は、ありがたく茶碗の水を飲み干した。

「あら、もっとお飲みになります？　お代わり淹れましょうねえ」

……いえ、それより市松さんにお願いしたいことが。

せかせかと立ち上がり給湯室に行こうとするおばさん社長を、私は慌てて呼び止めた。のんびりお茶を頂いている場合ではないのだ、とにかく私は急ぎの用で――突然おばさん社長は腹を抱えて笑いだした。

「あらあら、ごめんなさいね、つい可笑しくて。お姉さんたらあたしのこと市松だって思ってるでしょ」

……え？　あ、すみません、社長さんってお呼びした方が良かったですよね。

「やめて下さいな、社長なんて言われたら恥ずかしいですよ、こんなおばさんつかまえて。そうじゃなくてね、よく間違われるんですよ。違うの。私の名字、市松じゃないの。社長が市松だから市松商事だろうって思うわよねえ普通、アッハッハ。ところでお姉さん、歌舞伎はご覧になる？」

……歌舞伎？　テレビとかで少しなら。

「江戸時代の歌舞伎役者で佐野川市松っていう人、ご存じかしら――」

再びおばさん社長はペラペラと喋り始めた。話によれば、そのナントカ市松という歌舞伎役者が演じた心中物が大当たりしたのをきっかけに、ナントカ市松の舞台衣装だった袴の模様が人気となり、当時の着物の柄として大流行したそうだ。

「それが、市松模様なの。でもその時の袴は白と紺に染め分けた市松模様だっていうから、あたしはね、ウチの社名としてはちょっとどうかと思うんですよ。でも初代が付けちゃったんだからしょーがないわよねぇ。こだわりがあるようで、いい加減ったらありゃしない、アッハッハ」

つまりこの会社の名前は、おばさん社長の先祖にあたる創業者の姓から付けたのではなく、市松模様の市松から付けられたということらしい。ともかく市松商事の社名の由来は良くわかったが、私は市松のウンチクを聞きに来たわけではない。と言うか、このおばさん社長が何に似ているのか、たった今わかった。本当にそっくり、可笑しいくらいパンダにそっくりだ。

「あら、お姉さん、何か可笑しい？」

「い、いいえ、何でもありません」

「あらぁ、やっと口を聞いて下さったわぁ。良かった良かった」

……え？　私、今まで喋ってなかったのかしら。

自分では普通に会話しているつもりだったが、違ったらしい。何しろ色々なことが一度に起きて、かなり気が動転している。どうやら少し失礼な態度をしてしまったようだが、おばさん社長は気にする様子もなくニコニコと笑っていた。優しい人でよかった。

「あの、もっとお話を伺いたいところなんですが、実は少し急いでいるんです」

「心配しなさんな、市松商事にお任せなさい」

この会社は白いものと黒いものなら何でも扱う――だから私はここに来たのだ。

「お姉さん、もっと話を聞きたいって言いなさったわよね」

「あ、はい」

……それはその、社交辞令だったんですけど。

「お茶、淹れ直すわね」

「いえ、あの、本当にお構いなく」

……私、急いでいるんだけどな。

パンダに良く似たおばさん社長は、水のようなお茶を注いでは嬉しそうにペラペラと喋り続けた。

彼女が社長になって初めて手がけた仕事は、隣にあった病院の待合室の床だったそうだ。市松模様のリノニウムは院長の指定だったが、白と黒の配色が葬式を連想させると患者にはかなり不評だったようで、代が変わるとすぐに張り替えられてしまったそうだ。近くの児童施設はオルガンの鍵盤を新調したことをきっかけにお得意さんとなり、お遊戯会で使う着ぐるみのうち、パンダを毎年納めている。ナントおばさん社長は自分がパンダ似であることを自負していて「あたしにそっくりなのよ」と得意気に笑った。比較的最近の大仕事は、中学校の飼育小屋に兎を手配したことだった。白黒それぞれ五羽ずつ放したが、なぜか次々に飼育小屋から持ち去られ、白兎と黒兎の数が合わなくなる度に追加で補充した。最終的に一羽になってしまった黒兎は、その中学に通う娘を亡くしたという母親が引き取ったそうだ。また、この路地で骨董屋と酒屋を営む双子の兄弟に頼まれて特注のオセロゲームを制作したこともある。上質の黒曜石と大理石を貼り合わせた逸品で、時々おばさん社長も双子と共にゲームに興じることがある、などなど。

それにしても複雑多岐に渡る仕事を一人でこなすとは、見かけによらずかなりやり手のようだ。

ところで。

私はおばさん社長の話を聞いているうちに妙なことに気がついた。おばさん社長の手がけた仕事

は、最初が白と黒の市松模様の床、それからオルガンの鍵盤、パンダの着ぐるみ、白兎と黒兎に
オセロゲーム、先週は碁石を調達した、とか。つまりそれは……、

「そりゃそうですよ、白と黒はセットじゃないと」

「え？　白だけとか黒だけとかは、ないんですか？」

「当たり前じゃないですか」

おばさん社長は心底驚いた様子で、ビン底眼鏡の奥の小さな目をパチクリさせた。

「いやですよお、何を言いなさるかと思えば」

「でも、どうしてですか？　どうして白と黒がセットじゃないとダメなんでしょう」

「どうしてって言われても、ウチはそういう商売ですから」

そういう商売？

「ちょっとお姉さん、もうちょっと、こっち来て」

なぜか警戒した様子で辺りを見回したおばさん社長は、声を潜めて私を手招きした。

「大きな声じゃ話せないんですよ」

「あ、はい」

私は中腰になって身を乗り出し、口元に手を添えたおばさん社長も前屈みになって話し始めた。

「この商売やってて後にも先にも一度きり、あんな困ったことになっちゃったのは――」

何でも以前、頭巾付きのマントを注文した客が黒いマントの方だけを持ち帰り、不必要だったらしい白いマントを返品してきたことがあったそうだ。

「――まったくとんでもない話ですよ、本当に」

「それで、どうなったんですか?」

「どうって?」

「ですから、どう困ったことになったんですか?」

急におばさん社長は怯えたように身震いすると、体を丸めて顔を伏せ、貝のように押し黙った。

「あの……困ったことって?」

おばさん社長は丸まったまま、小さくイヤイヤをした。話の続きは気になったが、私の方こそ困った事態に陥ってしまったようだ。

「何か気に障るようなことをお聞きしたのでしたら、ごめんなさい。でも私、申し訳ないんですけど少し急いでいるんです。どうしてもお願いしたいことがあって、だからここに来たんです」

なるべく優しく声をかけるとおばさん社長はおずおずと顔を上げ、眼鏡の縁越しに上目使いでこちらを探るように見た。私は今がチャンスと用件を切り出した。

「実は身内に不幸がありまして」

「あらあ……それはご愁傷様です」

おばさん社長は急に接客モードになったようで、姿勢を正すと深々と頭を下げた。

「ご丁寧にありがとうございます。急なことでしたので喪服がないんです。少しくらいサイズが合わなくても構いません。用意して頂けませんか？」

おばさん社長は少しの間不思議そうな顔で私を見つめると、小さくため息をついた。

「喪服は、お姉さんが着なさるの？」

「はい」

「念のため伺いますけど、お姉さんがご入り用なのは、喪服だけ？」

「はい。一式お願いしたいんですが」

「……」

おばさん社長はまた黙り込んでしまった。

「会社の事情はおありでしょうけど、こんな時間に他に開いているお店はないですし、何とかお願いできないでしょうか。お願いします、この通りです」

私は引き下がる訳にはいかなかった。とにかく時間がない。私にはもう時間がないのだ。

「どうしてもとおっしゃるなら――」

よっこらしょと立ち上がったおばさん社長は、丸い体を左右に揺らしながら事務机の向こうへと姿を消した。しかしすぐに戻るかと思った彼女は中々戻ってこなかった。しびれを切らした私は、彼女が消えた部屋の奥へと行ってみることにした。

それにしてもこんなに広い部屋だっただろうか。

まるで長いトンネルのようで、足元には市松模様の床が果てしなく続いていた。

何となく不安な気持ちになった時、背後から声をかけられた。振り返るとおばさん社長が事務机の向こうに立っていた。彼女の後方にさっきまで私たちが座っていた応接セットが見える。いつの間に彼女はぐるりと回ってそちら側に戻ったのか……。

おばさん社長は両手で抱え持っていた和紙の包みを事務机の上に置き、静かに開いた。微かな樟脳の匂いとともに、中から現れたのは漆黒の喪服ともう一着——真っ白な着物があった。

「喪服と経帷子、セットならようございます」

今度は私が黙り込む番だった。私に必要なのは喪服で、経帷子は葬儀社がすでに手配してくれている。ちょうどこんな感じの白い着物だった。でも私は着物より、お気に入りの服とかの方がいいんじゃないかと思ったのだが、あれよあれよと言う間に着せられてしまったのだ。

……着せられた？

何だか急に喉が渇いた。水で口を湿らせたい。

「ところで、どなたのご葬儀なのかしら」

「……」

おばさん社長に聞かれて私は返事に困った。

私は……私は、一体誰の葬儀に出るつもりだったのかしら……。

わからない……まったくわからな……あら私、なんでこんな格好をしているの……？

私はようやく、自分が白い死装束を身にまとっていることに気がついた。

「お姉さんが喪服を探しに来るのも変な話だけど、バタバタの時には間違えもしますよ。なぁに、死んでも気づかないなんてことは良くあるんですよ。ウチの兄もね、しばらくわからなかったみたいで病院の中をふわふわしてたって。とにかく喪服は余分にあった方が重宝しますよ。それに――」

真っ白な経帷子をふわりと広げてみせたおばさん社長は、優しく微笑んだ。

「道連れにしたい人、いるんでしょ」

言われた途端、胸の中にぽっと火が灯ったように温かくなった。

死んで以来、初めて感じるぬくもりだった。

そうだ、何も一人で逝く必要はない。

あの人も一緒に……。

この喪服は遺された者に贈ればいい、せめてもの罪滅ぼしだ。

私は白い着物と黒い着物をしっかりと抱きかかえ、市松模様の道を愛しい人の元へと急いだ。

2014.
Kozue.K

shounen no sagashimon

第七話

少年ノ探シ物

「中々いいバーでしょう。こういう店は狭い方が落ち着きますからな」

「上が酒屋だと便利ですよ。切れたらすぐに持って来れますしね」

「いえいえ、私の店じゃありません。弟が道楽でやってるんです」

「上にいたのは私じゃなくて弟です。双子なんですよ、親でも間違えるほどそっくりで」

「私もすぐそこで店をやってましてね。弟に比べたらずいぶんと暇な商売です」

「まあ、ここも暇ですけど。この時間で我々二人しかおらんのですから」

「そうだ、いいモルトがあるんで開けちゃいましょうか。旦那、いける口でしょ？」

「大丈夫、大丈夫、客をほったらかしにしてる方が悪いんですよ」

「私の店は……ちょっと説明しにくいんですが、簡単に言うと骨董屋みたいなもんです」

「そうそう、ずいぶん昔の話ですけど、一度だけ盗みに入られましてねぇ」

カウンター席の三つ向こうで、ロックグラスの酒をちびちびと飲んでいた男は、やっと私の方に顔を向けた。三十代半ばくらいだろうか、くたびれたコートを着て、足元にはあまり中身の入っていないボストンバッグを置いている。端整な顔立ちをした中々の男前だが、酒を飲んでいる割りに血色が悪く、どことなく影の薄い印象だった。荷物の量から察するに、数泊程度の小旅行だろうか。いや、あまり楽しそうな雰囲気ではないので、仕事絡みでこの辺りを通りかかったのかもしれない。

少し前、私は退屈しのぎにこの旅人風の男に話しかけた。しかし彼は考えごとでもしているのか、ぼんやりとした顔で相槌一つ打とうとしない。もっともここで出会う人間は大抵そんな調子なので、こちらもお構いなしだ。ところが私の生業が骨董屋（みたいなもの）だと聞くと、この男同様、何かしらの反応を示す輩は少なくない。このバーというか、この界隈には、なぜか古い品々やセピア色の過去に敏感な連中がやって来る。さて、せっかく興が乗ってきたのだから、もう少し口の滑りを良くしよう。上等な昔話には上等な酒が必要だ。弟が聞いたら酒飲みの戯言と一笑するに違いないが、私にしてみれば下戸が酒屋とバーをやっていることの方が笑い話だ。まあ、それは置いといて。勝手知ったるカウンターの中に入った私は、なるべく高そうなボトルの封を切り、二つの新しいグラスになみなみと注いだ。

「さあどうぞ、遠慮なさらずに」

男は戸惑った様子で目の前の琥珀を見つめていたが、やがてグラスに口をつけた。無表情だった彼の口元に微かな笑みが広がった。

今でもよく覚えていますよ。それは盗みが発覚した日の夕方のことでした。十歳くらいの少年が一人で店に入って来ましてね。白いシャツに濃紺のカーディガンと半ズボン、坊っちゃん刈りが伸びておかっぱのようになった髪型をしていて、少年というにはあまりに愛らしい顔立ちです。ほっぺたはバラ色、大きな目を縁取る睫毛は少女のように長い。ただ、紅を差したような唇は、緊張しているのか硬く結ばれていました。

もともとその日は店を開けるつもりはなかったんです。怠けていた自分が悪いのですが、預かった品々の処置が滞っていまして朝から作業に追われていました。奥の処置室と陳列棚を何度も行き来し、後少しと思ったところに少年という珍客です。開店の札は出してなかったように思うのですが、子供はそんなことに頓着しませんからね。小さな子が店を訪れることはなくもないんですが、一人で来るなんてのは初めてでした。大抵は訳ありな感じの大人が連れて来るんです。なぜってそりゃあ……ああ、この話は長くなりますから今はやめておきましょう。

私の店は見てもらえばわかりますが、沢山の陳列棚があります。受け入れの決まった品はどれも陳列のための処置を施され、分類され、然るべき棚に納められます。一般的な骨董店とはかなり趣が異なるかもしれませんが、扱う品の性質上細心の注意が必要なんです。どれも唯一無二の逸品、特に生モノは……いやいや、この話も長くなりますからまた後で。

ともかく少年は非常に真剣な面持ちで陳列棚を眺めていて、もちろん彼の相手をしてる暇などありませんでしたが、万一店の品に悪戯でもされたら困ると思い、声をかけてみました。すると――、

「探し物をしているの」

声変わり前の、鈴のような声です。

「坊っちゃんは何をお探しかな？　教えて頂ければお手伝いしますよ」

「探し物をしているの」

さて困った。店には少年が好むような玩具など置いてません。

「探し物をしているの。早くしないと髪の毛を切られちゃうの」

探し物がみつからないと髪を切られるとはこれ如何に。どうもこの少年は少し知能が足りないようでした。しかし害はなさそうだし自由に見せてやることにしました。一つ一つ丹念に見て回る様子は微笑ましくもありましたし、どうせすぐに飽きて帰るだろうと思ったんです。

ふと気づくと少年の姿が見えません。どこへ行ったのやらと探すと、奥の処置室の前でズボンの前を押さえてもじもじしている。小便をもよおしているのだと察した私は、便所の場所を教えてやりました。少々長すぎる用足しを終え、走り出てきた少年はそのまま帰ってしまいました。

「――まったくねぇ、子供だと思って油断したんですよ」

少年の来訪で何となく調子が狂った私は、バーで、つまりここで一杯引っかけ、もうひと仕事と戻ったところで盗難に気がついた。それは鍵のかかる陳列棚に入れる前の、処置室に残していた稀有な品だ。少なからず憤りを覚えたが、結局警察には届けなかった。犯人はわかっていたし、それ以上に警官に店のあれこれを詮索されたくなかったからだ。

「本当にその少年が、犯人なんですか?」

今まで押し黙っていた旅人風の男が口を開いた。酒の力は偉大だ。

「もちろんです。なんてったって……」

私は男の方にずいと体を寄せ、耳元に囁いた。

「証拠がありましたからねぇ」

男は反射的に体を引き、手にしていたグラスを床に落とした。

「おやおや、驚かせてしまったようで申し訳ない。あまり大きな声では言えない話でしてね。あ、危ないですから、どうぞそのままで」

制する間もなく男は砕けたグラスを拾おうとし、その破片で指を切った。

「ああ、言わんこっちゃない。絆創膏、いや包帯の方が宜しいかな」

男は「大丈夫です」と言いながら血が滲んだ指先をハンカチで包み、気恥ずかしそうにコートのポケットにその手を隠した。あまり騒いでも気の毒かと思い、私は新しいグラスにウイスキーを注ぎ直して話を続けた。

「正確に言うと、単純な盗みではないんですよ」

幾らか平静を取り戻した男だったが、今度は狐につままれたような顔する。ああ愉快、愉快。私はこうして相手が動揺したり困惑したりする様を眺めるのが大好きだ。そもそもこの男は、何が盗まれたと思っているのだろう。骨董と言えば壺か掛け軸か。怪我の代償に、もう少しヒントをくれてやってもいい。

「うちの店——失せもの屋、って言うんですがね」

男の表情が変わった。この辺りにやって来るぐらいだから、やはり少しは知っていたか。ならば特殊な品の名を告げても、再びグラスを落とすまい。

「盗まれたのは、処女の乳房です」

「代わりに自分のささやかなペニスを置いてね」

「わかりませんか？　少年は少女になりたかったんですよ」

その少年が寺から来たことは、体から漂う線香の匂いですぐに気がついた。当時は身寄りのない子や、何らかの事情で親元を離れることを余儀なくされた子は、しばしば寺に引き取られていた。陳列棚を眺める少年もそんな哀れな子供の一人ぐらいにしか思っていなかったが、持ち出された品と彼の容姿や言動を照らし合わせて考えてみれば、容易に想像がつく。探し物をみつけて少女にならなければ、寺の子として剃髪されてしまうことを恐れていたのだ。

「旦那はうちの店のこと、ご存じなんでしょ？」

旅人風の男は曖昧な表情でグラスの酒を飲む。何となくいけ好かない態度だが、良しとしよう。失せもの屋は、単なる骨董屋ではない。もちろん普通の骨董業も営んでいるが、我が店のコレクションとして依頼者自身の体の一部を預ければ、幾ら探しても決して見つからない完璧な失踪が約束された――しかし店の品を盗んだとなると、失せ者になる資格は未来永劫剥奪される。

「しかも、あの寺は女人禁制ですからねえ」

舞い戻った少年は、後先のことも考えず嬉々として膨らんだ胸やペニスのない股間を見せるに違いない。希望通りに剃髪を逃れても、もっと悲惨な目に遭うのが関の山だ。寺で禁欲的な生活を強いられている若い僧たちの慰み者になるか、はたまた世にも奇妙な子供として見世物小屋に売り飛ばされるか。どちらにしても元少年は、逃げても逃げても絶対に行方をくらますことはできない……。

「そうだ、彼のペニスご覧になりますか?」

「——大変ご馳走になりました。でもそろそろ行かないと」

どうやら旅人風の男は、少年の一物には興味がないらしい。グラスの底に残った酒を飲み干すと立ち上がった。

「お話、面白かったです。幸い切った指の血はほとんど止まっているようだ。

「私が物書き? 冗談を仰いますな」

この男、全部作り話だと思っているのだろうか。

「下りの最終列車、間に合いますよね」

「まだ大丈夫。旦那は、これからどちらに行かれるんです?」

「音楽学校の、寮へ」

「ほう、町外れにある森の寄宿舎ですな」

「ご存じでしたか」

「そりゃあ、素晴らしい音楽家を輩出した学校で……」

もう少し話を続けたい気もしたが、時間があまりないようだ。

「いやいや、そうですか、先生でしたか。専攻を当ててみましょうか。手が綺麗だからピアノと思いたいが、物静かな雰囲気は作曲家のものだ。それとも……ヴァイオリンですかな?」

「いいえ、どれもハズレです」

「と、仰いますと?」

「寮の管理人です。住み込みで働くことになりました」

「ほう、住み込みで……まあ、どんな仕事も慣れるまでは大変でしょうが、落ち着いたらまたこの店でご一緒しましょう。そう遠くはないですからな」

「ええ、是非」

旅人風の男はすっかり打ち解けた様子で「それから」とコートのポケットから紙幣を取り出し、皺を伸ばしてカウンターの上に置いた。

「最初の一杯と割ったグラス代を弟さんに払って下さい」

「いやいや結構ですよ。それにこれでは多すぎます」

「それならお釣りは、次の酒代として預かって下さい」

私は差し出された紙幣を見た。

まだ微かに男のぬくもりが残っているような、それを。

「本当にお預かりして宜しいんですな」

男はどこか上の空な笑顔で頷くと、ボストンバッグを持ち店を出て行った。

……ええ、その旅人風の男から受け取った紙幣の端に、小さな赤い染みがありましてね。割れたグラスで切った指の血が、ポケットの中で知らぬ間についてしまったんでしょうな。しかし微量の血液といえど体の一部。それを彼は、この私に預けてしまった。いやはや、からかいがいのある酒飲み友達ができたと思ったのに残念です。それに作り話だと思われたまま別れたのも少々癪ですしね。まあ、今となってはどうすることもできませんからな。ところで、遠い昔に少女になった少年は結局成人を待たずに自殺したそうです。腹には誰の子かもわからない子供を宿していて、亡骸から産まれた赤ん坊が成長してみれば、母親って言っていいんですかね、生みの親譲りの美貌の女の子ですよ。確かその子は、年老いた作曲家に囲われるようにして音楽学校の寄宿舎に住んでいたとかいないとか。あの男がこの話を聞いたら、また作り話だと思うんでしょうな。それもこれも真偽のほどは管理人になってからのお楽しみです。どうです、もう一杯やりませんか？　ただし酔っても、グラスは割らないようにして下さいよ……。

furyuzashikishashinkan

第八話

風流座敷寫真館

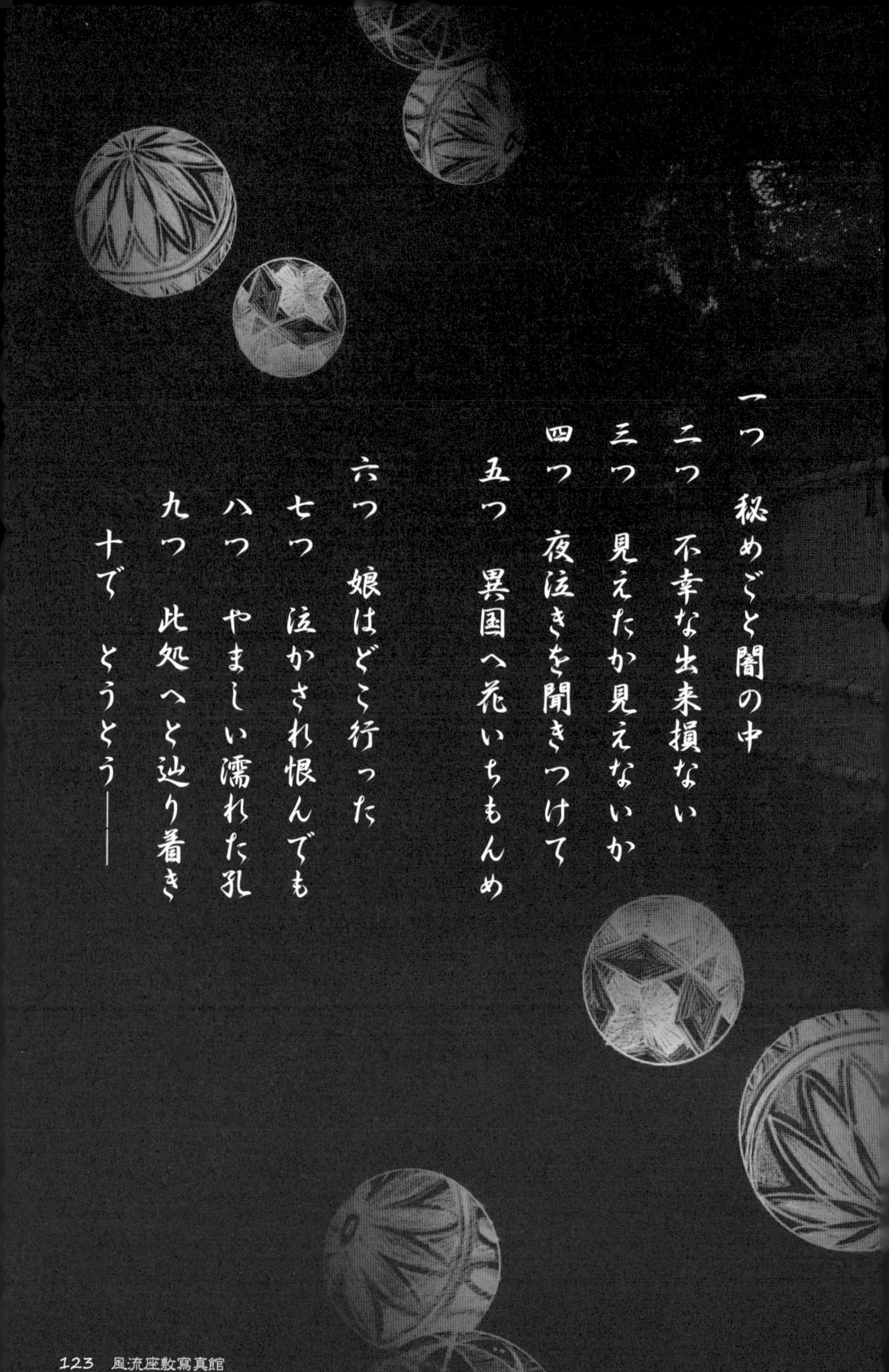

一つ　秘めごと闇の中
二つ　不幸な出来損ない
三つ　見えたか見えないか
四つ　夜泣きを聞きつけて
五つ　異国へ花いちもんめ

六つ　娘はどこ行った
七つ　泣かされ恨んでも
八つ　やましい濡れた孔
九つ　此処へと辿り着き
十で　とうとう――

「ええ、そうです、写真屋です。こんな古い日本家屋ですから、らしくないですよねえ。でも常連の方に言わせると、路地の奥ってところがいいらしいんです。はい、創業は明治の中頃になります。私の曾祖父が、たまたま手に入れた写真機で道楽半分に始めたんですよ。手に入れたって言っても曾祖父の兄が商品として輸入したのを勝手に持ち出したんですけどね。曾祖父の兄、つまり本家の方は江戸末期から色んな商売をしていまして、うちが創業した頃にはビルまで建てていたんですよ。今も残ってますよ、この路地に。本家の会社は従姉が継いで細々とやっています。その従姉ときたら、丸顔にビン底眼鏡なんかかけてるもんだからパンダみたいですよ。え？　私もパンダに似てる？　いやだなあ、でも良く似てるって言われるんです。自分は一人っ子ですから、姉さんみたいなもんですし。やや、そんなことはどーでもいいんですけど、とにかく写真機が珍しかったその時代、撮影に訪れるのはごく一部の裕福な方で、そんな彼らが連れて来る海外の要人たちも上客だったようです。ところでお客さんは浮世絵師の鈴木春信、ご存じですか？　ああ、それなら話が早い。春信が描く女性は他の絵師とは少し違って、非常に可憐だと思いませんか。とにかく曾祖父は彼の作品に惚れ込んで収集していました。もちろん高価なものは無理でしたけど、気に入った図版をこつこつとね。なんでこんな話をするのかと言いますと、うちには知る人ぞ知る、いわゆる裏メニューってのがあるんです。あまり大きな声では言えませんけど、ふふ、気になるでしょ。まだ大正になる前のことです、撮影に訪れた青い目の紳士は曾祖父の春信コレクションにとても興味を持ち、一枚の図版を示して「コレト同ジ写真、撮リタ〜イ」と言い出した。それが浮世絵と言ってもアレですよ、男女のあられもない姿を描いた春画だったんです。春信の女性は首も細いし手足も小さい。外国人の彼には、幼い少女が殿方の相手をしているように見えたんでしょう。つまり若い日本娘と自分がナニしている姿を撮って欲しいと。もちろん最初は曾祖父も断りました。でも金を積まれて、結局は女の子の手配までしたそうです。一度きりのつもりが好事家の間で密かに評判になり、いつの間にか、そっちが本業みたいになってしまって。今でも時々その手の撮影もやっています。そうそう、つい最近も——」

「あの、お話の途中で申し訳ないんですけど」

「はあ、なんでしょう」

「一体どういうおつもりで、こんな話を女性の私になさるのかしら」

「いえ別に？　そうだ、春信の版画、ご覧になりませんか。複製ですけど中々いいものがあるんです。特に《風流座敷八景》という春画の連作は――」

「結構です。私は写真のプリントをお願いしに来ただけですから」

「ええ、そうでしたね。わかってます、わかってますよ」

立ち上がりかけた写真館の店主は、広い玄関の上がり框に置かれた座卓の前に残念そうに腰を下ろした。まったく、放っておいたらいつまで喋っているつもりなのか。確かに春信は魅力的な絵師だが、うら若き女性に（と言ってもアラフォーだけど）、嬉々としてエロ写真の話をするとは無神経にもほどがある。こっちは忙しい仕事の合間を縫って、ヒマな店主の話し相手に来たわけじゃない。見たところ写真の機材もまるで置いていないが、こんな調子で商売が成り立つのだろうか。

「とにかく早くプリントにして欲しいの」

「御写真はモノクロになりますけど宜しいですか？　ご希望でしたらセピア仕上げも――」

でもこの店主、自分でも言っていたが本当にパンダに良く似ている。姉だか従姉だかも丸顔にビン底眼鏡らしいけど、一族揃ってパンダに似ているとしたらそれはそれで面白いかもしれない。しか

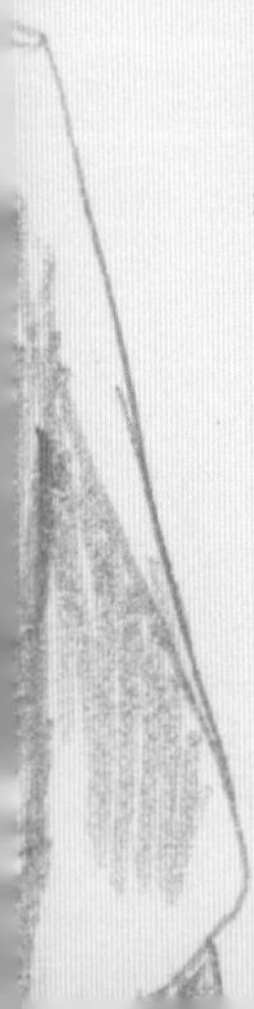

し接客中に笑顔を絶やさないのはいいとしても、少々太りすぎだ。たぶん私と同年代だろうけど、体脂肪率は倍くらいあるに違いない。

「――お客さん、どうします？」

「え？　何の話だったかしら……あ、そうそう、もちろんモノクロで結構よ。すぐできる？」

「すぐと仰いますと？」

「すぐはすぐよ。ここで待っていてもいいかしら」

「はあ、本当にすぐなんですね。かしこまりました」

ネガを受け取った店主は「よっこらしょ」と立ち上がり、今時珍しい畳敷きの一間廊下を、ころころと太った体をリズミカルに揺らしながら奥へ向かう。そんな愛嬌のある後ろ姿をぼんやりと眺めていたら、いいことを思いついた。

「ねえ、ちょっといいかしら」

「はいはい、すぐにやりますから」

「そうじゃなくて、待っている間に少し建物を見させてもらいたいの」

「この家をですか？　構いませんけど」

「こういった古い建築にとっても興味があるの、職業柄」

早速私はロングブーツを脱いで、座敷に上がった。

「ふーん、これは重要文化財級だわ」

明治時代の日本家屋が、しかも個人の邸宅がこんなに良い状態で現存しているとは驚きだった。

私は店舗デザインのプロデュースをしている。もともとインテリアデザイナーだったが、与えられた器の中身だけをデザインすることに限界を感じ、立地条件から建物、効果的な商売形態についても提案している。そうしなければ私のデザインは完成されないと考えたからだ。

「これだけの規模の家屋をエロ写真館だけに留めとくのは本当にもったいないわね」

中庭に面した座敷はカフェにして、直射日光が当たらない広い部屋は壁を補強して照明を足せば立派なギャラリーになる。和服や和装小物などのブティックを入れてもいいし、古民家を活かした和風コンセプトの複合施設として展開すれば——、

「きゃっ」

奥の襖を開けた私は思わず声を上げた。なんと暗い座敷の中、畳の上に着物姿の子供が頭から血を流して倒れているではないか!

(ううん、違う)

良く見ると血だと思ったのはほどけかかった赤いりぼんで、人間の子供ではなく市松人形だった。

抱き上げてみると相当古いものなのか、ひびわれた顔に修復の跡がある。傷は痛々しかったが、顔

立ちは愛らしい。乱れた黒髪を撫でつけてあげ、りぼんを結び直していると、どこからともなく不思議な歌が聞こえてきた。

——一つ、秘めごと闇の中

——二つ、不幸な出来損ない

——三つ、見えたか見えないか……

「ああ、お客さん、ここにいらっしゃいましたか」

声にぎくりとして振り返ると、現像したプリントを手にしたパンダ顔の店主が立っていた。

「御写真、こんな感じで宜しいでしょうか?」

私はプリントよりも、奇妙な歌の方が気になった。

「今の、あなたが歌っていたの?」

「歌? あ、ええ、そうだと思います。古い数え唄で、その人形の持ち主がよく歌ってたそうです。

私は祖父から聞かされて、いつの間にか覚えてしまいました」

「この人形の持ち主?」

「ほら、その子です。べっぴんさんでしょう」

店主が部屋の明かりを点けると、驚いたことに壁一面、人形を抱いた着物姿の少女の写真が飾ってあった。

「よくまあ、こんなに沢山って思いますでしょう。相当お気に入りのモデルだったみたいですよ、ふふ」

私は呆然と壁を覆い尽くす写真を眺めた。量に圧倒されたのはもちろんだが、それよりも写っている少女の顔から目が離せなかった。

「何となくだけど、兄の子に似てるわ」

呟いた瞬間、座敷がぐわんと歪んだような気がした。

「兄は学生結婚をしてすぐに離婚したんだけど、女の子が一人いたの」

子供の親権は別れた妻にあったが、兄は折に触れ娘に会っていたようで、私も一度だけその子の姿を見たことがある。確か、彼女が中学に入学する直前の春休みのことだったと思う。仕事の打ち合せで入った喫茶店で偶然会ったのだ。兄の娘は年齢よりも落ち着いて見える美少女で、顔立ちはあまり似ていなかった。仲むつまじく微笑み会う二人を見て、最初は兄がこんな若い子と付き合っているのかと勘違いしてしまったほどだ。親子の年齢が近いせいでカップルに見えたのだ。結局挨拶程度しか言葉は交わさなかったが、私は打ち合わせの間中何度も兄の娘の顔を見てしまった。

「それから一年もしないうちに、彼女、自殺したわ」

兄の酒量が極端に増えたのは、娘が十四歳の誕生日を前に首を吊ってからだ。遺書はなく理由もまったくわからなかった。やがて兄はアルコール依存症となり入院治療が必要になった。二年に渡る闘病が終わり、知人の紹介で住み込みの仕事が決まった矢先、今度は交通事故に遭ってしまった。

「気の触れた女が運転する車に轢かれたの」

運転席から飛び出してきた若い女性は、素肌に死に装束のような真っ白な着物だけを羽織り、頭から血を流している兄に抱きついて意味不明のことをわめき散らしていたそうだ。警官三人がやっとの思いで引き離した途端、その女性は心臓発作で死んでしまった。

「酷い話よ、ほとんど賠償金も出なかったわ」

「その事故でしたら知っています、この路地を出たところの通りですよね」

「あら、そうだったかしら……」

しかし問題は、頭部に重症を負い失明した兄が入院先の病院から、こつ然と姿を消してしまったことだ。手を尽くして捜したが、兄の行方はどうにもわからなかった。

「失踪宣告にはまだ数年あるけど、兄は死んだと思うことにしたの」

私は抱いていた市松人形を店主に渡し、代わりにプリントを受け取った。写真の中で兄は、はにかんだように微笑んでいた。

「もう忘れたいのよ、兄のことは全部。色々あったから」

「でも忘れてしまいたいのにお兄さんの写真を飾るだなんて、お優しいじゃないですか」

「違うわ、これを埋めてお終いにするの。あ……ごめんなさい、せっかく焼いてもらったのに埋めるだなんて」

「いえいえ、お気持ちお察し致します」

玄関に戻ると足はすっかりむくんでいて、ブーツに押し込むのが大変だった。しかし靴を履いた途端、私は仕事モードに切り替わった。

「こちらの御屋敷、このままではもったいないと思うんです。一部だけでも、例えばカフェとかにしたら、写真館の集客率も大幅に上がるはずよ。その気になったら事務所に連絡して欲しいんですど――あら、いけない」

開いたカードケースの中には、今日に限って一枚の名刺も入っていなかった。

「また、近々寄ってもいいかしら」

「もちろんです、いらっしゃれるようでしたら是非」

次の瞬間、ニコニコと笑っていたパンダ顔の店主が真顔になった。

「でも、何でわざわざうちの店にいらしたんですか?」

そう言えば、どうしてこんな知らない土地まで来たのか……よくわからなかった。

「たぶん、こういう物件に敏感なのよ」

写真館を後にした私は、兄の娘に良く似た少女のことを考えていた。あの子は、例の淫らな写真のお相手を務めていたのだろうか。もしそうだとしたら、どんな思いで抱かれ撮られていたのか。彼女はその後どうなったのか。私には関係ないことだが、同性のよしみか、妙に切ない気持ちになった。

ふと肩に提げたバッグの中を見ると、兄の写真が入っていない。どうやらブーツを履く時に置いてきてしまったようだが、何となくあの館に戻る気にはなれなかった。

夕暮れの路地に、幼い少女の歌う奇妙な数え唄が聞こえていた。

……八つ、やましい濡れた穴
九つ、此処へと他取り憑き
十で、とうとう……前の人………

2014
Kozue K

第九話

わたしの王女様

watashi no oujosama

深い深い森の中に小さな遊園地ができました。

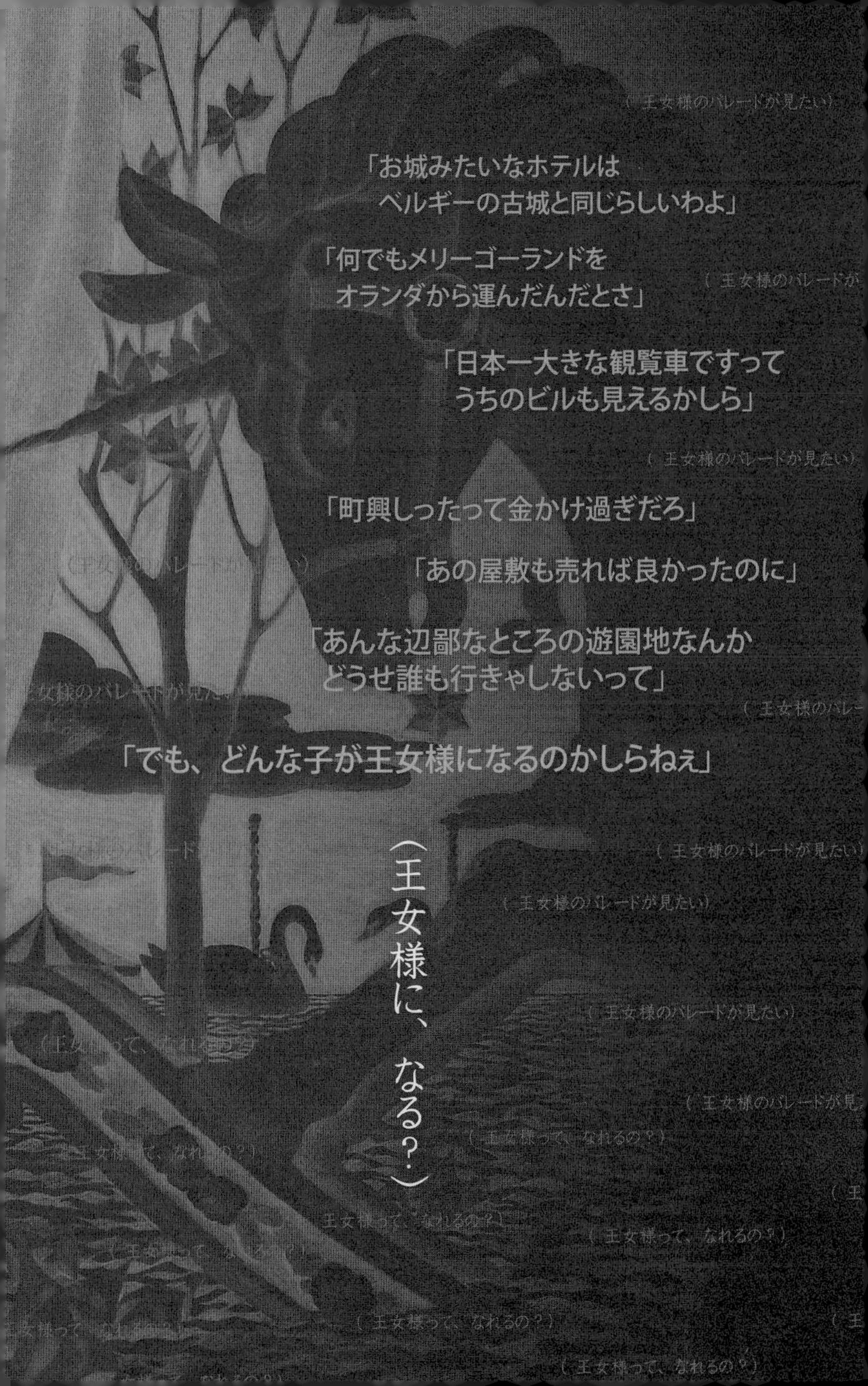
（王女様のパレードが見たい）
（王女様って、なれるの？）

「お城みたいなホテルは
ベルギーの古城と同じらしいわよ」

「何でもメリーゴーランドを
オランダから運んだんだとさ」

「日本一大きな観覧車ですって
うちのビルも見えるかしら」

「町興しったって金かけ過ぎだろ」

「あの屋敷も売れば良かったのに」

「あんな辺鄙なところの遊園地なんか
どうせ誰も行きゃしないって」

「でも、どんな子が王女様になるのかしらねぇ」

（王女様に、なる？）

（へえ、王女様って応募すればなれるもんなのね）

家のポストに押し込まれていたチラシを手にした私は、学校帰りに耳にした近所のおばさんとおじさんの立ち話をようやく理解した。ペラペラのチラシには、安っぽい冠を頭に載せ、胸の大きく開いたドレスを着たお色気ムンムンの外国人女性の写真と共に《夢の国の王女様になろう》というピンク色の文字が躍っている。どうやら噂の遊園地で行われるパレードの王女様役の子を一般公募するらしい。

私の家は、ひまそうな店が数軒と古ぼけた雑居ビルや小さな病院のあるこの通り沿いにある。辺りはいつも息を殺したように静まり返っていたが、最近は少しばかり騒々しい。近くの森の中に遊園地ができたからだ。近くといっても、日に数本しかないバスに二十分くらい乗る。もちろん歩ける距離じゃない。それでも取り立てて話題のなかったここらの住人にとっては一大事だった。何しろここは遊園地から一番近い商店街らしいので、多くの観光客が訪れるに違いないと大人たちは言っていた。学校でも遊園地の話題で持ちきりだ。担任の先生はオープンする前から「遊園地には必ずお父さんかお母さんと行くように」と日に何度も言った。

大人も子供も、周囲の誰もが盛り上がっていたけど、私はさほど興味を持たなかった。と言うか、なるべく無関心を装って自分を誤魔化していたのかもしれない。なぜなら今、私はチラシを見ながらすごくどきどきしている。王女様には、十五歳以下の少女なら誰でも応募できると書いてあったからだ。私は十五歳以下だし、性別は女だ。正確には十一歳と八ヶ月だけど、十一歳と八ヶ月の子供を除くとは、どこにも書かれていない。親の仕事や住んでいる場所も問われていない。何度チラシを見ても私に応募の資格はある。

（こんな金髪ボインより、私の方が清楚で品のある王女様になれるわ）

合格すれば頭にキラキラ輝くティアラを飾り、フリルのいっぱいついたドレスを着ることができる。紙吹雪の中を白馬が引くオープンタイプの馬車に乗り、夢の国の国旗を振る人々に向かって天使の笑みを見せつけながら優雅に手を振るのだ。しかも王女様に任命されると特典として、いつでも無料で遊園地で遊ぶことができると書いてあるではないか。海を渡ってやって来たメリーゴーランドや天高く昇る大観覧車に好きなだけ乗れるなんて、まさに夢のようだ。

しかし私は、家の庭先に万国旗のように干された何枚もの小さなシャツやパンツを眺めてため息をついた。王女様に応募するなんて、両親に知れたら大変なことになる。彼らはいつでも贅沢で派手なことを『悪』とし、質素で慎ましいことこそ『善』だと言った。そんな風に子供たちに躾をする理由はわからなくもない。両親の仕事は身寄りのない子供の面倒をみること、つまり私の家は孤児院だ。私は今よりもっと幼い頃から、近所の人にどんなに可愛いと言われても、髪にリボン一つ結ぶことも許されなかった。いや私だけではない、妹もだ。実は私と妹は、親でも間違うほど良く似た双子の姉妹だ。私一人でも人目を引く容姿なのに、二人でいると可愛さも倍増する。だから余計に家で暮らす鼻タレの孤児たちより、私たち姉妹は絶対に華美になってはいけなかった。

「そんなの黙って行けばいいじゃない、大丈夫よ」

私の手からチラシをひったくったのは、顔も髪型も背格好も私とまったく同じに可愛い、もう一人の私――妹だ。

「あなた熱は? 寝てなくていいの?」

妹は今日、熱っぽいと言って給食前に学校を早退していた。しかし心配をする私をよそに、彼女はケラケラと笑う。

「熱なんかないわ。仮病に決まってるじゃない。今日の給食、嫌いなメニューだったんだもん」

「まあ、そんな理由で帰って来るなんて。お母さんには何て言ったの?」

「別に。何も聞かれなかったよ」

たぶん母は妹が嘘をついて早退けしてきたことに気づいている。でも妹には、いつもほとんど注意しない。もしこれが私だったらすぐにお寺に連れて行かれ、怖い和尚さんのもとで反省するまで座禅を組まされることになる。ともかく見た目がそっくりな私たちだったが、性格はまるで違った。

妹は呆れるくらい大胆で、馬鹿げたことも平気でやる。というかバカなのだ。両親がいくら注意し

ても右から左、今ではすっかりさじを投げられ野放しだ。結果妹の分まで私に期待して、一層厳しくなるのも仕方がない。でも私は、少しおバカで頼もしい妹が大好きだ。

「お姉ちゃん、王女様になんなよ。大丈夫よ」

そうだ、私は妹に「大丈夫よ」と言われると少しだけ勇気が出る。

面接はトントン拍子に進み、私は当然ながら最終審査に残った。最終審査では実際にドレスを着て、最も王女様らしい少女が選ばれることになる。完成したばかりのペンキ臭いお城の中、個別に与えられた控え室に入った。部屋のあちこちに金色に塗られた天使の像が置いてあり、大きな姿見の脇には、絵本に出てくるおとぎの国のお姫様と同じドレスがかけられていた。両方の袖はふわりと膨らみ、胸元には沢山のビーズが刺繍され、フリルとレースで出来たスカートが床に大きく広がっている。生まれて初めて見る本物のドレスだった。

（でも……こんな豪華なドレスを着てもいいのかしら……）

急にぐずぐずし出した気持ちとは裏腹に、鏡の中の私は不敵に微笑んだ。

「大丈夫よ、あたしがやってあげる」

鏡に映った自分だと思ったのは、なんと妹だった。こんな風に間違えるなんて初めてだ。それにしてもなんで妹はここにいるのだろう。一緒に来てくれと頼んだ覚えはない。

「やっぱり付いて来て良かった。お姉ちゃん、そんなに怖じ気づいてちゃ王女様に見えないわよ」

言われて初めて手足が震えるほど緊張していることに気がついた。たぶん私の繊細な心は、華やかすぎるドレスに脅かされてしまったのだ。

「とにかく選ばれさえすればこっちのものよ。その代わり遊園地で遊ぶ時は私も連れてってね」

確かに鈍感ゆえに物怖じしない妹の方が上手くいきそうに思えたが、そんなことがバレずにできるだろうか。でも両親でさえ間違える私たちだ。少しの間入れ替わったとしても審査員は気づくまい。ここまできて他の人が王女様になるなんて許せない。それに上手くいったら、とても素敵なことのように思えた。私が王女様としてパレードしている時には、妹がメリーゴーランドで遊び、妹がパレードに出ている時には、私が観覧車から手を振ることもできる。この少しおバカで頼もしい妹と一緒なら、もっと楽しいこともできるかもしれない。

「お姉ちゃん、どう？」

いつの間にかドレスに着替えた妹が、くるりとその場で回ってこちらを向いた。すごく素敵、すごくすごく可愛い。ドレスは妹にとても似合っていた。彼女に似合うということは、間違いなく私にも似合うということだ。でも今、私のドレスを着ているのは私じゃない……。

「ねえお姉ちゃん、ファスナーでちょっとレースを破いちゃったみたいなんだけど、見てくれる？」

妹の言葉に飛び上がるほど驚いた私は、背中を覆う髪の毛をかき分け、ファスナーの周囲をくまなくチェックした。挟んで引っかけたと思われるレースのほころびに悲鳴を上げる直前、突然控え室のドアが開いた。入ってきたのは審査員の一人で、確かこの遊園地をデザインした偉い女の人だ。私はその女の人の、トイレの芳香剤みたいな香水が大嫌いだった。偉い女の人は「あらやだ」とか言いながら私たちを交互に見ていたが、すぐに何かを納得したように何度か頷いた。

「妹がいるって言ってたけど双子だったのね。驚いた、本当にそっくりだわ。ところで、今まで審査を受けていたのは、あなたなのかしら？」

着飾った妹を品定めするように見ていた偉い女の人は、次にみすぼらしい普段着姿の私に意地悪そうな視線を投げかけた。

「つまり応募者であるお姉さんはどっちか、ってことなんだけど」

私は火が出るほど熱くなった顔を隠すこともできず、震える手を少し上げた。

「ふーん、やっぱりね」

偉い女の人はにやりと笑い、どぎつい色の口紅をべっとりと塗った唇を嫌らしく舐めた。

「もう少し質問させてね。どうして今日に限って、妹さんがドレスを着ているの？」

私は答えるどころか、立っているのがやっとだった。もう何もかも終わりだ。今すぐここから逃げ出したい。王女様もドレスもパレードも、やっぱり私には縁の無い世界だったのだ。

「どうしてもクソもないわ、ふざけて着てみただけよ。私はお姉ちゃんの応援に来たの」

驚いたことに妹は、偉い女の人に向かって堂々と言い放った。

「もう気が済んだから脱ぐ。お姉ちゃん、早く着替えなよ」

「ちょっと待って。着替える必要はないわ。そのまま審査に出なさい」

「え？」

私と妹は顔を見合わせた。

「実を言うと、私以外の審査員は全員あなた、あ、お姉さんの方を推しているの。確かに顔はダントツに可愛いけど、でも私はどうしても納得できなくて。何て言うかあなたには、あ、お姉さんの方には、王女様としてのオーラがないと思うの。でも妹さんならパーフェクトだわ」

「ぱーふぇくと？」

「完璧っていう意味よ。妹さんなら私のイメージ通り、完璧な王女様だわ」

偉い女の人は、妹の方が華があって王女としての風格があるだとか、取りあえずスペアがあるのは好都合だとか、本来は失格だが特別に認めてあげるだとか、一人でベラベラ喋っていた。

「でもね、王女様は一人でいいの。わかるかしら」

わからない。偉い女の人の言っていることは、まったく理解できなかった。

だって応募したのは私で、妹はただの代わりで、私こそが王女様になるべき人物だ。

「わかったわかった、そんな顔しないで。私、子供に泣かれるの苦手なの。そうね、召使い役ならパレードに出てもいいわ。でも同じ顔だと困るから——」

偉い女の人は哀れむように、私に羊の被り物を差し出した。

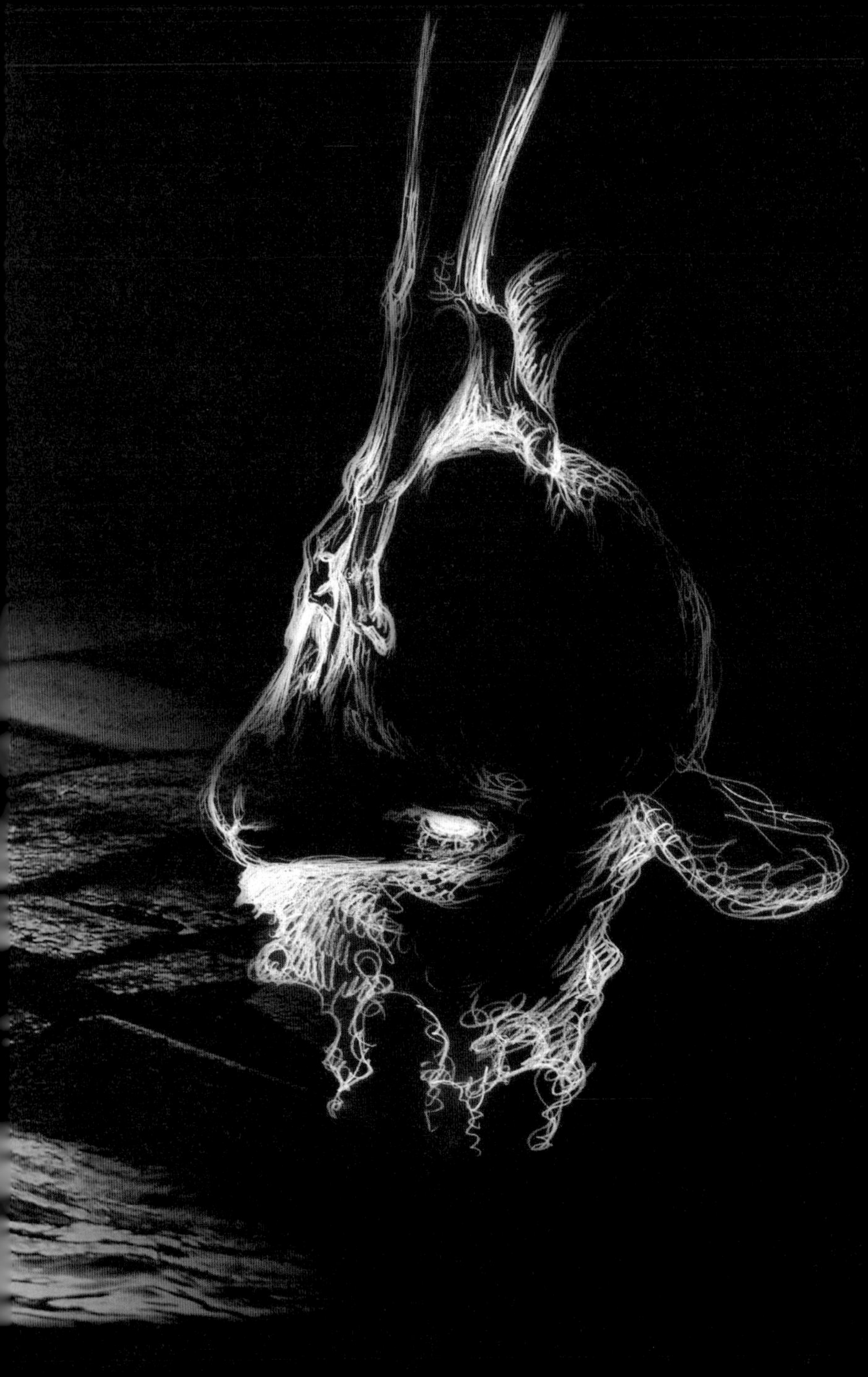

気がつくと私は、女の人の腕に噛みついていた。

それからはメチャクチャだった。力任せに私を振り払おうとする女の人に妹が体当たりし、私の髪がむしられ、ドレスが破れ、私たち二人は力を合わせて女の人を突き飛ばした。勢い良く仰向けに倒れた女の人は、部屋に飾られていた天使の像に頭をぶつけて動かなくなった。

「大変……救急車を呼ばなくちゃ」

「そんなことしても無駄よ。大丈夫、何とかするから」

妹は窓から身を乗り出して外を見、廊下に出て辺りを伺い、慎重にドアに鍵をかけた。

「誰にも気づかれていないわ。バルコニーから死体をお堀の水の中に落とすのよ」

選択の余地はなかった。女の人は白目を剥いて口から変な泡を吐いていたけど、そんなことに構っていられない。私たちは気味悪い死体をバルコニーまで引きずった。問題はこの重い体をどうやって落とすかだ。柵の間を通そうにもゴムボールのような胸がつかえてしまう。結局妹がバルコニーの欄干に上がって引っ張り、私が押し上げて、何とか落とすことに成功した。

息がハアハアと苦しかったけど、何だかとても清々しい気持ちだった。

私たちはなるべく小さな声で笑い合った。

欄干に腰掛けた妹のドレスが風になびく。

縫いつけられた何百個ものビーズが誇らしげに煌めく。

陽の光を浴びて眩しそうに微笑む妹は、本物の王女様のようだった。

「これで大丈夫よ」

妹はいつもの笑顔で私に手を差し出す。

白くてふっくらとした愛らしい妹の手を——私は思い切り突き放した。

妹は驚いた顔のまま落下していった。

それからのことはよく覚えていない。いつの間にか家に戻っていた私のところに、怖い顔をした背広姿の大人が何人もやって来た。とにかく私は『姉』が王女様役に応募していたことさえ知らないと言い通した。両親は真面目で従順だった『姉』の奇行を嘆き、天罰だと言って祈りを捧げた。

浅いお堀の底で首の折れた死体が二つも発見された遊園地は閉園となり、城には設計ミスがあったことが発覚した。設計者の一人である女性はバルコニーから落ちそうになった『姉』を助けようとして一緒に落下したということになった。しばらくすると家には多額のお金が入り、両親は『姉』に感謝しながら孤児のための部屋を増築した。

あの日以来『妹』になった私は、彼女が随分と可愛がられていたことを知った。私が食べたことのないおやつを食べ、私がすごく欲しかった人形もちゃっかり買ってもらったのだろう。ベッドの下に隠し持っていた。私と妹の一体なにが違ったというのだろう。同じ日に生まれ、同じ顔をしているのに、学校の成績は私の方がいいのに、両親に期待されていたのは私の方なのに、ずるいと思った。そんな風にずるい妹だから、慕っていた姉に殺されたのだ。

姉だった私は、永遠に羊の頭を脱ぐことはできない。
暗い被り物の内側で、時々なれなかった王女様のことを夢に見る。
それでも妹として生きるのは、とても楽しい。

2014

2014

Yami ni Sumu Kemono

第拾話

闇に棲む獣

《諸事情により里親を募集します。
小型で人なつこい性格です。動物好きな方、ご連絡
をお待ちしております。尚、当家の目印は――》

その家は、僕の職場からすぐの所にあった。安アパートから中央公園まで毎日自転車を走らせるバス通りを、自宅とは反対方向に少し進んで角を一つ曲がる。初めて足を踏み入れたその路地には、時代に取り残されたような街並みがあった。僕は自転車を降り、弱々しい街灯に浮かび上がる一軒一軒を確かめながら歩いた。骨董屋、昔懐かしい店構えの酒屋、古い雑居ビル、やっているんだかいないんだかわからないような病院、やがて里親募集の貼り紙に書かれていたとおり、三角屋根の小さな洋館に辿り着いた。生け垣に寄せて自転車を止めた僕は、一応メモしてきた番地を確認した。

二回ほど呼び鈴を鳴らし、主が現れるのを待った。振り仰いだ夜空には丸い月に青白く照らされた雲がゆっくりと流れている。腕時計を見ると八時を過ぎていた。やはり初めての家を訪問する時刻としては少し遅すぎる。本当なら一時間以上早く来ることができたのだが、仕事の上がり際にちょっとしたトラブルに見舞われ、帰りそびれてしまった。やはり出直そう。明日にでも、もう一度連絡を入れて……帰りかけたその時、ドアの内側に明かりが灯った。

「お待ちしておりましたのよ」

玄関口に姿を見せたのは、杖をついた銀髪の老婦人だった。

「昼間、お電話頂いた方ですわね?」

「はい。こんな夜分にすみません」

老婦人の姿を見た僕は益々申し訳ない気持ちになった。電話ではここまで高齢の人だとは思わなかったのだ。もしかしたら、すでに休んでいたかもしれない。

「お気になさらないで。こう見えてわたくし宵っ張りですの。さあ、どうぞ」

僕は恐縮しつつも老婦人の後に続いた。


通されたのはアトリエのようなところだった。老婦人は部屋の一角にあるソファに僕を案内すると、

「少しお待ちになってね」と言い、出て行った。

間接照明だけの薄暗い室内は、真夜中のような雰囲気だ。部屋の向こう半分は煉瓦敷きの土間になっていて、筆や竹べらのようなものが並ぶ作業台や、小さな冷蔵庫くらいの何に使うのかわからない機器が置いてある。後方の壁は一面作り棚で、画集のような大型の本や道具箱、丸めた紙や布などが所狭しと詰め込まれていた。それにしても一体何のアトリエだろう。例えば絵とか彫刻とか、作品らしいものは一つもない。見当もつかないまま所在なげに座っていると、老婦人が大儀そうにワゴンを押して戻って来た。てっきりペットを連れて来るものだと思っていたら、お茶の用意がされていた。僕は慌てて立ち上がり、老婦人に代わって二つのカップに紅茶を注いだ。ティーカップは高そうだけど縁に欠けがあり、皿に山と盛られたクッキーは歪な上にかなり焦げていた。

「人様に淹れてもらう紅茶はなんて美味しいのかしら。本当は焼き立てをお出しするつもりだったのよ。すっかり冷めてしまったけど、味は悪くないと思うわ」

どうやら老婦人は僕との電話を終えた後、大急ぎでこのクッキーを焼いたようだ。勧められるままに一枚つまんでみると、どこか懐かしい素朴な味がした。

「オーブンなんて久しぶりに使ったわ。昔はお客様がいらっしゃる度に焼いたけど、今じゃすっかり。こんなおばあちゃんのところに来るのは郵便配達の人くらいですもの」

パートナーのペットと二人だけで暮らしているという老婦人の笑顔は少し寂しそうだ。

「ここは、えっと、おばあさんの仕事場ですか?」

「お人形さんを作っていましたの、もう随分昔のことですけど」

聞けば老婦人は、アンティークドールのリプロダクションを専門に作る人形作家だった。年代物のオリジナルは高価な上に入手も困難なので、複製品の需要があるらしい。土間に置いてある冷蔵庫みたいな機器は、ビスクという人形を焼く窯だそうだ。

人形が焼き物だなんて初めて知った。僕にはおよそ縁のない世界だが、この芸術家の老婦人に何となく親近感を抱くのは、動物好きという共通点があるからだろう。しかしすでに作家活動から引退しているとはいえ、一体くらい人形が飾られていても良さそうなものだ。

(なんだコレ……?)

何の気なしに出窓の辺りを見た僕は、我が目を疑った。部屋が薄暗いので気がつかなかったが、改めて目を凝らして見ると小さなそれは、あらゆる所に並べられている。

「もちろんこの出窓にも昔はお人形さんを飾っていましたわ。グーグリーちゃんっていうお目々のくりくりした子で――どうかなさいました？」

「いいえ、何でもないです」

反射的にそう答えたものの、内心かなり動揺していた。

「毎日のように生け垣の向こうから眺めに来る女の子もいましたのよ。余程気に入ったのでしょうけど、リプロといっても子供のお小遣いで買える値段ではないの。だからわたくし、せめてもと思ってその子にお人形さんを抱っこさせてあげましたの」

僕は老婦人の話に耳を貸しながらも、この夥しい数の奇妙なものから目が離せなくなっていた。まさか本物であるはずがない。元人形作家の老婦人が手慰みに作ったのかもしれない。それにしても上手く出来すぎている。しかしどうしてこの部分だけを……次第に気味が悪くなってきた僕は、早々にペットを引き取り帰ることばかりを考えた。

「――でもね、その子の一言でとても悲しくなってしまいましたの」

老婦人の、紅茶にミルクを流し込んだような瞳がすぐ近くにあった。

「わたくしは何て不毛なことをしていたのかしらって」

途中からあまり身を入れて聞いていなかった僕が返答に窮していると、老婦人は察した様子でもう一度順を追って話をした。憧れの人形を抱かせてもらった少女は当然大喜びだった。ところが何を思ったか、彼女は人形の頭を掴むと力任せにひっこ抜いてしまったそうだ。人形の頭と胴体とを繋ぐゴムが弾け、そのゴムを通していた首の穴にはひびが入ってしまった。しかし少女は悪びれる様子もなく、その小さな首の穴から頭の中をしげしげと眺めたそうだ。やがて急に興味を失った様子で「空っぽなのね」とつまらなそうに呟いた……結局老婦人は人形の首を繋ぎ直し、そのまま少女にあげてしまったそうだ。その後アトリエにあった人形は全て処分し、二度と作ることはなかったと言う。

「ほらご覧になって。これも空っぽ」

老婦人は、先ほどから僕を大いに困惑させているそれを――ずらりと並んだ小鳥の頭の一つをつまみ上げ、その内側を見せた。老婦人の小枝のような指につままれた小さな頭の中は、綺麗な空洞だった。

「もちろん作り物なんかじゃありませんわ。これは本物の雀、こっちは鳩」

ちょっと待ってくれ。本物の雀や鳩の頭がどうしてこんなに沢山あるんだ？　少女の呟きと小鳥の頭がどこでどう繋がったら人形作りを辞めることになる？　いやいや、これはきっと、凡人の僕なんかには理解できない、芸術家独特の感覚に違いない。

「あなたは、どうして里親になりたいとお思いになったのかしら」

唐突な質問に、すっかり混乱していた僕は言葉に詰まった。でも理由はちゃんとある……寂しいからだ。恋人が突然出て行ってしまった部屋に、もう一晩だって独りでいたくない。だからこんな時間に半ば無礼を承知で訪ねたのだ。しかし一方で老婦人の境遇を知るにつれ、本当にいいのだろうかとも思い始めていた。唯一のパートナーを手放し、訪ねる者もない家に一人残る孤独な老人の姿に、何故か自分が重なった。

「そんな顔をなさらないで」

僕は余程情けない顔をしていたのだろう、老婦人は困ったように微笑んだ。

「たくさん考えて決心したの。私はもうおばあちゃんだから餌をあげるのも大変なのよ」

老婦人はゆっくりと立ち上がり、僕をペットのいる部屋へと連れて行った――。

こうして僕は老婦人のペットを譲り受けた。ケージやトイレシート、お気に入りの毛布なども段ボールに詰められるだけ持たせてくれた。散歩のついでにたまには連れて来ることを提案してみたが、それはきっぱりと断られた。考えてみれば、別れた恋人や伴侶に度々会っていたのでは未練が積もるだけだ。とにかく愛情と責任を持って育てることを約束し、老婦人の家を後にした。

帰宅後、早速設置したケージの中にトイレシートを敷き、今まで使っていた古毛布と共にそっと中に放した。水を入れたボウルを置くと、警戒する様子もなく喉を鳴らして美味しそうに飲んだ。十分ほど新しい部屋の空気を落ち着きなく嗅いでいたが、やがて安全な場所だとわかったのか毛布に顔を埋めて寝息を立て始めた。あどけない寝顔をしばらく眺め、僕もベッドに入った。久しぶりに夢の一つも見ず、深く眠った。

翌日は休暇を取っておいて本当に助かった。何しろ餌の用意が大変だったのだ。まずは水を新鮮なものに取り替えた。昨夜は水道水をあげたが、少し考えてアパートの前にある自動販売機でミネラルウォーターを買って来た。冷たいミネラルウォーターを飲むと、すぐに食事がもらえると思ったのか、ケージの中で飛び跳ねている。

「まあまあ、少し待ってくれ」

僕は教えられた通りにベランダに仕掛けを作り、餌が掛かるのを待った。こんな方法で本当に捕まえられるのかと思ったが、案外簡単に二羽の雀が掛かった。何とかして逃げようと必死で暴れる一羽を通販の空き箱に閉じ込め、もう一羽を台所に持って行く。さすがに最初は躊躇《ためら》ったが、思い切って包丁で首を切り落とした。まだ温かい雀の頭を小皿に載せてケージに入れると、待ちきれないといった様子で抱え込んで食べ始めた。ものの数秒で中身だけを舐め取るように平らげ、すっかり空っぽになった雀の頭が転がった。

食事は、雀だと一日二回、鳩だと少し大きいからか一日一回で充分だそうだ。但し新鮮なものしか受け付けないので、ストックするなら生け捕りにしなくてはならない。老婦人は毎回捕獲して与えていたそうだが、確かにこの作業は高齢者には大変だ。そもそも老婦人が里親を探すことを決意したのは、自身の抗えぬ老いを実感したからだそうだ。今まで容易に出来たことが難しくなり、自分とペットの寿命を比較し考えてみても潮時に思えたらしい。そこには当然、餌の問題が大きく関係していたことだろう。しかし彼女には言わなかったが、雀といえども野鳥を許可無く捕獲するのは違法行為だ。職業柄少なからず気が引けたが、そこは目をつぶることにした。正式な手続きなどしていたら、この子は餓死してしまう。

食べかすの頭部は数時間も日に干せば乾燥した。老婦人のアトリエで目にした時は悪趣味としか思えなかったのに、急に微笑ましいものに感じられるから不思議なものだ。僕は記念すべき最初の一個を本棚の真ん中に飾った。

ペットと言えば名前だ。家に来てから数日は考えた。でも結局名前を付けることはやめた。なぜなら職場の動物たちを名前で呼ぶことにずっと違和感を感じていたからだ。僕は中央公園の中にある《ふれあい♡コーナー》で働いている。柵で囲われた中に放し飼いにされている動物と自由に遊べるスペースで、モルモットには花子とか太郎とか、兎にはぴょん太とか、羊にはメエ子などの名前が付いている。彼らはそんな名前で呼ばれて嬉しいはずがない。元々名のない生き物に、わざわざ名前を付けるなんて人間の傲慢としか思えない。それに二人暮らしなら、名前など呼ばなくても話しかける相手は決まっている。恋人と暮らしていた時もそうだった。

あの夜、結局里親になりたい理由をはっきりとは口にしなかった僕に、老婦人はそれ以上聞いてこなかった。僕の前にも里親の希望者は何人かいたらしいが、決まるには至らなかったそうだ。何が決め手になったのかわからなかったが、たぶん僕が普通の人より動物の扱いに慣れていることが大きかったように思う。次第に僕の本棚には老婦人の部屋同様、雀や鳩の頭部が並ぶようになった。老婦人が人形作りに不毛を感じた理由も、今では何となくわかるような気がする。中身のない人形なんて、この子の餌にさえならないのだから。

彼は日光が苦手なので、散歩は必ず日が暮れてから行く。それでも念のため、老婦人から渡された黒いマントのようなものを着せてあげなければならない。散歩から戻ると足を濡れタオルで拭いてやり、きれいにブラッシングする。最近では僕が部屋にいる間はケージに入れず、放し飼いにしている。彼は常に僕の後を付いて回り、読書をしたりテレビを観ていると必ず体のどこかをくっつけて丸くなる。いつの間にか夜も一緒に寝るようになった。仕事で毎日動物に接する僕だが、彼に対する感情はまるで違った。例えば職場の動物が病気になったら、それはもちろん心配するし早く良くなって欲しいと思う。でも彼の場合は、少し元気がないだけで慌てふためき、万一のことまで想像して胸が張り裂けそうになる。今や彼は単に寂しさの穴埋めをするペットではなく、僕のかけがえのない家族になりつつあった。僕の腕の中で柔らかくて温かい小さな生き物が息づいている。信頼しきった顔で眠る姿が堪らなく愛おしく、僕のところに来てくれたことを心から感謝した。

ある日、閉園の準備をしていると兎小屋の中の一羽が死んでいるのを見つけた。原因はわからなかったが、小動物が突然死んでしまうことはそう珍しくない。動物が死亡した場合は専門の業者に連絡して引き取ってもらう決まりになっているが、その日はたまたま僕以外の職員がいなかった。体に触れてみるとまだ温かい。僕は少し考え、死んだばかりの兎をタオルにくるむと大急ぎでアパートに持ち帰った。果たして兎なんか食べるだろうか。半信半疑で与えてみると、彼は大喜びで平らげた。てっきり鳥しか食べないものだと思っていたが、頭なら何でも大丈夫らしい。こんなに喜ぶのだったら、前にモルモットが死んだ時も持ってきてあげれば良かった。可愛らしい兎の頭は本棚の一番上に飾った。

翌朝、いつものように雀を与えると食べなかった。雀や鳩に比べたらずいぶん大量に食べたのでまだ満腹なのかもしれない。その後三日は餌を欲しがらず、四日目に雀の頭三個を一気に食べた。ところで彼の体はいつの間にか二回りほど大きくなり、ケージに入れるとかなり窮屈そうだった。仕事に行っている間や留守番させる時はケージに入れておいたので新しいものを買おうかと思ったが、何となく買いそびれているうちにどうでもよくなった。

一週間後、今度は子羊が死亡した。この時も運良く僕が第一発見者だったので、子羊は脱走したことにし、こっそり持ち帰って彼に与えた。その後十日は餌を欲しがらなかったが、十一日目には鳩を六羽も捕まえなければならなかった。彼の体は更に大きくなり、とっくにケージには入らなくなっていたが、なぜか散歩用の黒いマントは着せることができた。不思議なことに、マントは体に合わせて成長していた。

夜中になると、僕らは恋人同士のように寄り添って散歩した。

困った。さすがに困った。

何しろ食事の量がどんどん増える。雀や鳩で補うには限界がきていた。小鳥以外の餌など与えるべきではなかったのだ。僕は叱られるのを覚悟し、元の大きさに戻す方法を聞こうと老婦人の家を訪ねてみることにした。しかし半ば予想していたとおり、人影はなく、伸び放題の生け垣に『売り家』の看板が立てかけられているだけだった。どうにかして老婦人の行方を知りたかったが、通り沿いの商店は示し合わせたように店を閉め、ここならと思って覗いてみた病院の受付や待合室にも誰もいなかった。

次第に僕は動物たちの世話をしながらも、その死期を心待ちにするようになった。死骸ならまだいい、愛しの彼があまりにひもじい顔をする時には、生きている動物さえも連れ出し、手にかけた。こんなことがバレずにいつまで続くかわからなかったが、とにかく彼を満足させるためにはそうするしかない。彼も僕の苦労は充分にわかっている様子だった。だから尚更、僕は彼のために頑張りたかった。いつも腹を空かせている彼は、最近では頭の中身だけでなく、体も皮以外は残さず食べるようになった。お陰で生ゴミの処理だけは楽になった。

ふれあいコーナー最長老の雄山羊が老衰で亡くなるというビッグチャンスがやって来た。ご馳走に大喜びする姿を想像するともちろん嬉しかったが、しばらくは餌の心配をしなくて済むと思うと心の底から安堵の息が漏れた。すっかり仲良くなった埋葬業者のおじさんに、いつもの三倍の賄賂を渡して死にたてほやほやをアパートまで運んでもらった。

今や僕の身丈と同じくらいに成長した彼は、実に豪快に山羊を食べた。腹を裂いて内臓を貪り、肉を喰い千切り、太い骨をも噛み砕く。好物である頭の中身は最後にゆっくりと味わっていた。そして満腹になるとごろんと横になって眠ってしまった。気がつけば部屋の中は、それは酷いことになっていた。床や壁だけではなく天井にまで、どす黒い血と共にむしられた毛や肉片が飛び散っている。もちろん僕自身も頭からたっぷりと獣の血を浴びていた。

ふと見ると足元に山羊の頭が転がっていた。相変わらず空っぽの頭を残すところは、まだ小さかった頃と変わらない。僕は何気なく山羊の頭を被ってみた。すると急に勇ましい気分になり、みるみる体も逞しくなった。そして無防備に眠る彼が何だかとても美味しそうに見えて……顎に手をかけ少し捻ってみると簡単に頭がもげた。ずっしりと中身の詰まった大きな頭を両手に持った僕はごくりと唾を飲み込んだ。綺麗に食べる方法はもちろん知っている。

ちゅるちゅるちゅる……それにしても、**こんなに旨いもんだったのかぁ♡**

満たされた僕は漆黒のマントを羽織ると山羊の角を頭巾で隠し、真夜中の散歩に出かけた。

あんなにも愛しかったペットのことは、もう忘れかけていた。

Shidakouji-kitan

第拾壱話

羊歯小路奇譚

2014
Kozue.K

「それはそれは美しい踊り子でしたよ」

祖父の昔話は唐突に、そしていつもこのフレーズから始まった。もともと細い目を更に細め、遠い少年時代へと想いを馳せる。祖父の脳裏には、スポットライトを浴びて踊る可憐な少女の姿が昨日のことのように蘇っているに違いない。

祖父がまだ十代半ばの少年だった頃、この界隈は今より少しだけ活気があった。活気があると言っても静かな通りに変わりはないのだが、少なくとも現在のような空き家はなく、人々の往来もそれなりにあったそうだ。商店街というほどではないが、雑貨屋的なうちの酒店を始め古道具屋や写真館、病院などがあり、小規模ながら西洋建築風の雑居ビルも建設が進んでいた。ビルが完成すると、持ち主である派手好きな貿易商は落成記念にとサーカス団を呼んだそうだ。興行前日にはサーカス一座が通りを練り歩き、招待券が紙吹雪のように舞った。隣組の人々は拾い集めた招待券を握りしめ、嬉々として街外れの森に張られたサーカステントへと出向いたそうだ。もちろん少年だった祖父と祖父の兄も、我先にとテントの垂れ幕をくぐった。

公演が始まる前から、祖父ら兄弟は大層興奮したそうだ。眩いばかりのスポットライトも、顔にドーランを塗つた道化師も、火を噴く屈強な男も、何もかもが生まれて初めて目にするものだった。しばらくはただただ口を開けて眺めるばかりだつたが、やがて目の前でチンパンジーがぴょんぴょんと大玉の上を飛び跳ね、器用に輪抜けを披露する頃には夢中になつて拍手をしていた。しかし踊り子のショーが始まると、兄弟は再び魂を抜かれたように舞台に釘付けになつた。少女の少し大人びた顔立ち、抜けるように白い肌、細く長い手足、動きに合わせて広がつたスカートがふわりふわりと天使の羽のように揺れる……ふいに踊り子の姿が見えなくなつたかと思えば、なんと彼女は頭上高く張られたロープの上に現れ、まるで重力などないかのように軽やかな踊りを披露した。少女の微笑みはきらめきとなつて降り注ぎ、多感な年頃の少年二人は一瞬にして恋に落ちた。

小さなサーカス団ではあつたが、大した娯楽もない当時の人々を虜にするには充分なショーであり、中でも踊り子の少女が命綱なしに行う高所の曲芸は観客を熱狂させた。しかし初日こそ立ち見が出るほどの盛況ぶりだつたが、二日目になると途端に空席の方が目立つようになつた。何しろテントまでは、この辺りから一時間以上も歩かなければならない。自家用車を持つている人はまだごく少数で、自転車を使おうにも山道がきつくて大変だつた。そんなわけで招待券を貰つた人が初日に行つたきり、ほとんど客は来なくなつた。しかし祖父たちは違つた。余つた招待券を大人たちから譲り受け、二日目も三日目も、昼と夜の二公演、片道一時間を日に二往復して通い続けた。やがて祖父たちは念願叶つて、踊り子の少女と話をする機会を得た。

「僕たちのこと、覚えてくれたの？」

「そりゃ覚えるわ。だって同じ顔をした男の子が二人もいるんですもの。私、双子に会うの初めてよ。ねえ、自分と同じ顔をした人間がもう一人いるってどんな気分？」

「僕らは生まれてからずっとこうだから普通だよ。お互いそんなに似ているとも思わないし」

「瓜二つなのに、性格はまるで違うのね」

「兄は人見知りするから。でも兄さんは君のこと、凄く好きだって。僕も負けないけどね」

弟である祖父のあっけらかんとした物言いに、兄の方は真っ赤になって俯いた。ところで少女は最初のうち自分の年齢を十六才と言っていたが、本当は祖父たちと同じ年の十四才だった。法律で十五才未満の子供がサーカスに出ることが禁じられてしまったので嘘をついているという。

「ばれたらどうなるの？　逮捕される？」

「捕まったら困るから嘘をついているんじゃない。だって私、プリマになるんですもの」

「プリマってなんだ？」

「プリマバレリーナ、バレエの王女様のことよ。プリマになるために毎日踊っているの」

「ふーん」

「年のこと絶対に内緒よ。一度たりとも公演を休みたくないの。だってもしかしたらお客さんの中にバレエ団の人がいるかもしれないでしょ。私の踊る姿を見たらきっとバレエ団に入れてくれるわ」

「そうだね、そうしたら夢が叶うね」

「明日も見に来てくれる?」

「もちろんだよ。バレエ団の人も来るといいね」

結局少女と会話をしたのはほとんど祖父だった。帰り道、祖父の兄は「あの子ならバレエの王女様に絶対なれる」と呟いた。一本のロープの上で踊れるのは世界中で彼女一人しかいないと。

「兄さん、その話さっきすれば良かったのに。明日あの子に言いなよ、きっと喜ぶよ」

やはり兄は真っ赤な顔をして俯くばかりだった。

そして悲劇は起きた。翌日出がけに腹を壊した祖父はサーカスに行くことを諦め、兄が一人で行くことになった。昼の公演の客は祖父の兄を含めて数人しかいなかったそうだ。道化師もチンパンジーも欠伸を噛み殺しておざなりの芸をし、屈強な男は火を噴く代わりにテントの裏で煙草をふかしていた。それでも少女はいつも通り、いや、いつも以上に全身全霊で踊ったそうだ。可憐に優雅に、天高く昇り宙で舞う。この数人の観客の中にバレエ団の人がいて、彼女の才能を見初めてくれないだろうか。そんな思いで祖父の兄が客席を見渡した時、視界の端に落下していく踊り子の姿が見えた——少女は病院に運ばれ、サーカスの興行は打ち切りになった。

事故があった日の夕方、祖父の兄は一人で踊り子の運ばれた病院に忍び込んだ。少女を元気づけようと、家の裏に茂っていたシダの葉を両手に持てるだけ摘んで見舞ったのだ。病室の少女はそんな雑草のようなものさえも喜び、早く怪我を治してまた踊ると、笑顔で約束してくれたそうだ。

その夜、祖父の兄は待てど暮らせど帰って来なかった。やがて両親は警察に連絡し、近所の人も集まってきた。そして翌朝になると騒ぎは一層大きくなった。少女のベッドはもぬけの殻で姿がない。両足を骨折した彼女が歩ける筈もなく、しかしどこを探しても見つからない。見舞っていた姿を病院の職員に見られていた祖父の兄に当然疑いの目が向けられたが、結局彼自身の行方もさっぱりわからなかった。

ひと月以上が過ぎた頃、少し前に閉店した古道具屋の店内に倒れている祖父の兄が発見された。兄は行方不明だった期間のことは一切覚えておらず、そしてなぜか性格が別人のように明るく社交的になっていた。しかし踊り子のことを聞かれると、途端に顔を真っ赤にして俯くばかりだったという――。

以上が、僕が祖父の酒屋を手伝うようになってから幾度となく聞かされた昔話だ。ところでこの話、少しばかりおかしいところがある。踊り子の少女と直接会話ができたところまではいいとしても、事故の起きた日の公演の様子や見舞いに行った時のことなど、当事者である祖父の兄しか知らないことを祖父は見てきたかのように話した。行方不明後に発見された祖父の兄は、踊り子に関することは何一つ話せなかったはずなのに。更に細かいところを指摘すればきりがない。サーカスで大玉に乗っていたのは子象だったり、輪抜けの芸を披露したのは虎だったり、少女とお喋りした内容もまちまちだ。八十近くになって急にボケだした祖父の話だから無理もないが、何度聞いても事故の日だけは兄一人がサーカスを観に行き、兄一人が少女を見舞った。そして何より不思議なのは、僕がこの話を今の今まで一度も聞いたことがないことだ。

以前僕は、祖父と五年ほど一緒に暮らしていたことがある。それなのに当時、祖父はこの話を、触りの部分さえもしたことがなかった。もちろん祖父の双子の兄である骨董屋のじーちゃんからも聞いたことはなかったが、すでにこの世とおさらばしてしまった彼に確かめようもない。人を食ったような作り話が得意だったのは兄の方だったが、祖父もボケて似てきたのかもしれない。もっとも作り話が得意という点では、血は争えない。僕は――今は無職に限りなく近い家事手伝いだけど、いずれ物書きを生業にするつもりだ。先月までは小さな編集プロダクションで雑誌の仕事をしていた。雑誌といっても超低俗な娯楽誌で（つまりエロ本）、僕は編集兼ライター兼カメラマンの何でも屋だった。過労死寸前までこき使われ、いい加減うんざりしていたところに外注相手とトラブって、渡りに舟とばかりに辞表を出してやった。晴れてニートとなり、自分探しの旅にでも出ようかと思った矢先、祖父が転んで怪我をしたと市松商事のおばさんから連絡をもらったのだ。

市松商事というのは、例のサーカス団を呼んだところで（これは本当の話）、うちとは古くからの付き合いだ。ビルは老朽化が進みつつもまだ残っていて、おばさん社長が訳のわからない商売を細々とやっている。確かおばさんと僕の父は同級生だったと思う。父は小さいながらも自分のバーを経営していたが、僕が中学生の頃まだ四十代半ばで急逝してしまった。酒屋の跡継ぎ問題を巡って父と祖父はいざこざがあったみたいだが、母親の顔を知らない僕は父が他界してしまうと祖父の元に身を寄せるしかなかった。どうもうちは女難の相があるのか（この話は長くなるので割愛）、祖父の連れ合いである祖母のことも僕は知らない。ともかくこの酒屋は長年祖父が一人で切り盛りし、僕が大学に入って下宿をするようになるまで祖父との二人暮らしは続いた。そんなこんなで、帰って来たのは五、六年ぶりだろうか。件の怪我は大したこともなかったが、正直なところ祖父の衰え具合に驚いた。たまに電話で聞いていた声こそ変わりなかったが、すっかり足腰が弱り、頭も少しボケていた。どうにも後ろ髪を引かれた僕は、祖父の家に戻ることを決めたのだった。

「骨董屋のじーちゃん、本当に行方不明になったことあるの？」

「なったかもしれないし、ならなかったかもしれません」

「だってこの話、聞いたことないよ? じーちゃん、何で今まで言わなかったのさ」

「話したのかもしれませんし、話さなかったのかもしれません」

祖父は自分から進んで話す時以外は、全てこんな調子だ。興が乗れば繰り返し繰り返し、サーカスの踊り子の話をする、それも毎回違うバージョンで。


さすがに気になった僕は、少し調べてみることにした。この界隈で昔の話を聞くことができるのは、市松商事のおばさんとおばさんの従弟である写真館のおじさん二人だけだ。店が定休日の今日、昼下がりに彼らの元を訪ねた。丸顔にビン底丸眼鏡をかけた二人は若い頃からパンダの姉弟みたいだったが、彼らも少し年取った。おばさんの黒髪はすっかり白髪になり、さらに太って一回り大きくなっていた。一方おじさんは糖尿病のせいで片目が失明し、痩せて一回り小さくなってしまった。二人とも一度口を開いたら壊れた蛇口のごとく喋り続けるところは相変わらずだったが、何しろ思い込みが激しいので信憑性にはどうにも欠ける節がある。

ともかく聞き出した話を整理すると、落下した踊り子は両足を複雑骨折した上に腱も切れていて、踊るどころか二度と立つことさえできなくなってしまったそうだ。病院から姿を消した少女のその後は、おばさんの話では使えなくなった両足を切断されて見世物小屋に売り飛ばされたことになっていて、おじさんの話では将来を悲観して病院の裏にある底なし沼に入水自殺したことになっていた。肝心の行方不明になった祖父の兄のことになると、なぜか二人とも急に押し黙り、仕事があるとか来客の予定があるとか言って、僕を追い帰した。

すでに日は傾いていたがすぐには戻らず、少し辺りを歩いてみることにした。ここは道幅が狭いせいで日中でも薄暗く、夕方になったかと思うと途端に夜になる。そして道端や家々の敷地などに必ず生えているのが、祖父の兄が踊り子への見舞いの品としたシダの草だ。この草は日陰のじめじめとした場所を好む。僕なら好きな子の見舞いにこんな陰気臭い草は持って行かない。そうは言っても、当時の中学生男子の発想としてはわからなくもなかった。

それにしてもこの路地一帯は酷い有様だった。なんでこんなに衰退したのかと思うほど、ほとんどが空家か空店舗だ。風邪や盲腸の手術で世話になった病院も廃業したままで心霊スポットのような佇まいだし、子供の頃にあった児童施設にはジャングルのように木が生い茂り、壊れた門に色褪せた売り物件の看板がぶら下がっている。路地を抜けてしばらく歩くと、古い廃寺に出くわした。夕闇の中で見る朽ちかけた本堂はさすがに気味が悪く、僕は早々に引き返すことにした。

「うつわ!?」

ふいに頭上をかすめた黒い物体に思わず声を上げてしまったが、ただの蝙蝠だった。小さな二匹が夕空を縫うように飛んで行った先に、黒々とした山並みが見えた。あの麓に広がる森がサーカスのテントが張られた場所だ。しかしまあ、恋の成せる技とはいえ、よくもあんなところまで歩いて通ったものだ。確か何年か前に、あの森に第三セクターの遊園地が出来たと聞いたけど流行っているのだろうか。もしかしたらもう潰れているかもしれない。今度パンダおばさんに聞いてみよう。

祖父の言動はますます混沌としてきた。基本的には踊り子の話が中心だが、森の学生寮には近づいてはいけないとか（そんなものはない）、店の地下に小さなバーを作るとか作ったとか（そんなものはない）、意味不明な話も多くなった。そうかと思うと、僕を父と間違えて「バーテンなんて辞めなさい」などと言って泣き出したりする。気持ちのどこかに父に対する罪悪感のようなものがあるようにも感じられた。そう言えば少し前に、この場所にバーがあったはずだと訪ねて来た男性客がいた。ちょうど祖父の世迷い言を聞いた直後だったから奇妙な一致に少しばかり背筋が寒くなったが、あの人は一体何だったんだろう。見かけたことのない顔だったけど、ずいぶん長々と祖父と話し込み、安い国産ウイスキーを一本買って帰って行った。

「あの旅人は二度と戻れませんよ。何しろ失せもの屋が絡んでいますから」

「はあ？　ナニ屋だって？」

「失せもの屋です」

「じーちゃん、しっかりしてくれよ」

「私はしっかりしています。そうだ、お前はシダの種のことを知っていますか？」

「あのさ、店は大丈夫だから。茶の間でテレビでも観てなって」

祖父はぶつぶつ言いながら外に出て行き、しばらくすると両手いっぱいにシダの葉っぱを抱えて戻って来た。どうやら裏に生えているやつを手当たり次第引っこ抜いてきたらしい。

「ちょっともう、何やってんだよぉ」

しかし祖父は真面目くさった顔で、葉の一枚を裏返して僕の目の前に突き付けた。

「このブツブツは胞子で種ではありません。この植物には種がないのです」

「わかった、わかりましたって。あーもう、店ン中が葉っぱだらけじゃん」

「おそらく兄さんは種を見つけてしまったのでしょう。あるはずのないシダの種を見つけた者は、見、え、な、い、存在になれるのです。西欧の古い古い言い伝えです——」

祖父の本棚にあった百科事典によれば、確かにシダ植物は種子ではなく葉の裏にある胞子嚢から落ちる胞子で繁殖すると書いてあった。シダをなぜ『羊歯（あるいは歯朶）』と書くのかは諸説あるようだが、正確なところはわからない。シダの原種は古代からあり、花も咲かず実も結ばないのに旺盛に繁殖するこの植物が、昔の人々にはずいぶんと神秘的に思えようだ。更に調べてみると、中世ヨーロッパでは魔法の草とも言われ、一説には、目に見えないシダの種を採取することができれば《透明人間》になれるとされていた。

「じーちゃんの言うところの見えない存在か。姿が見えない、つまり……行方不明」

祖父の兄は踊り子の見舞いにシダの葉を持って行った……。

もし彼らが、あるはずのないその種を手にしたとしたら……。

「あー、なに考えてんだか。馬鹿馬鹿しい」

仮に二人ともがシダの種を見つけたのなら、祖父の兄だけ戻ってくるのは変な話だ。

「失せもの屋になる代わりに戻されたのでしょう」

いきなり耳元で声がして、口から心臓が飛び出すほどびっくりした。

「じーちゃん、もう夜中だよ、寝たんじゃなかったの?」

「おしっこです。少しお茶を飲み過ぎました」

祖父はもぞもぞとパジャマのズボンの前を探りながらトイレへと行った。ほどなく水が流れる音がし、自室に戻っていく後ろ姿を見届けてから僕は勝手口から家の外に出た。

澄んだ夜空に月が煌々と輝き、猫の額ほどの裏庭に茂るシダの葉を照らしていた。祖父が抜き取ったと思われる一角だけ黒々とした土が見え、そこに一株が残っていた。しゃがんで手を伸ばすと、どういうわけか葉の一枚がふわりと宙に浮き、ゆっくりと目の前に舞い降りてきた。手に取ってみるとずいぶん大きな葉で、裏にびっしりと連なる胞子嚢がみえた。裏側の気味悪さとは対照的

に、艶やかな表面は月明かりで銀色に輝き美しい。左右対称に細い葉が連なる形は『羊』の字に良く似ている。風もないのに小刻みに震える葉を見ていると、目の前の風景が揺らぎ出した。

月が雲に隠れて闇が濃くなる。
裏庭のシダ――羊歯が一斉にざわめく。
手にした葉の先端がぼんやりと光り出した。

それは黒い石のようなものだった。
菱形を細くしたような形で、微かに光を内包している。
見つめていると女の人の歌声が聞こえてきた。
消え入りそうな唄を口ずさんでいるのは誰だろう。
良く知っている人のような、まったく知らない人のような。
懐かしいような、切ないような。

その一粒は、僕の手の中に音もなく 落 ち た。

市松商事のパンダおばさんは、今日も勝手に台所で僕や祖父にお茶を淹れてはお喋りに興じる。おばさんのお茶はいつもとても薄くて不味い。しかしこの薄いお茶を飲まなければおばさんの話は始まらない。今日は森の遊園地で起きた不祥事の話だ。あっという間にできた遊園地はあっという間に閉園になり、しばらく放置されたと思ったらあっという間に老人ホームになったそうだ。

「ちょっと、もうちょっとこっちに来て。大きな声じゃ言えないんだから……」

パンダおばさんは必ず声を潜めて辺りを見回す。まるで重要機密を告げるかのようだが、ほとんどが作り話と言っていい。おばさんの手にかかれば、遊園地で殺人事件が置き、寺で子供の人身売買が行われ、呪われた病院では美人看護師の幽霊が夜な夜な彷徨う。

「病院に出るのは幽霊ではなく、裏の沼に棲む人魚です。それはそれは美しい人魚でしたよ、サーカスの踊り子そっくりで――」

「じーちゃん、いきなり話に入ってきて混ぜ返すのやめてくれよ」

「あらぁ、じゃあやっぱりあの子は入水自殺だったのかしら。足を失って踊れなくなった美少女が人魚になるなんて、丁度いいじゃない」

「丁度いいじゃないって。いくら何でも酷いよ、おばさん」

毎日こんな調子だった。ところで最初のうちこそ単におばさんの作り話だと思っていたが、その幾つかは祖父の兄である骨董屋の伯父さんが語ったものであることが次第にわかった。いや、最初に誰の口から語られたかは大した問題ではない。それに祖父の兄のことだと思っていたことも、実は祖父自身のことかもしれない。何しろ二人は親でも間違えるほど瓜二つの双子だったのだから。

伝わるごとに変貌し、真実さえも置き去りにしていく話の数々に、いつしか僕は魅了されていた。

◆ ◆

不思議なことに店にはぽつりぽつりと客が来た。酒屋と言えどもコンビニに近い品揃えだからだろう。女子中学生が果物ナイフを、スクールバスの運転手が煙草を、中央公園の飼育係がペットフードを、色んな人が自分に必要なものを求めてやって来る。僕は彼らの希望する品を渡し、代わりに彼らは僕に奇妙な物語を話して聞かせた。

夕暮れになると数え唄を口ずさみながらベビーカーを押した中年女性がやって来る。ボサボサの長い髪を三つ編みにし、古びたカーテンのようなワンピースを着ている小柄な女は、以前児童施設だった建物に住み着いているホームレスだ。店の前に腰を下ろし、ベビーカーの中に詰め込まれたウサギやヒツジのぬいぐるみを取り出しては彼らに物語を聞かせる。僕も近くに腰を下ろして女の話に耳を傾ける。物語が終わるとお礼代わりに飴玉の入ったガラス瓶を彼女の前に差し出す。女は小鳥のような細い手で、必ず同じ種類の飴を二個ずつ取り、嬉しそうにポケットに仕舞う。

街灯が灯る時刻になると、どこからともなく辻占いが現れる。全身黒づくめの服装をした彼は中央公園の飼育係にそっくりで、最初は間違えて声をかけてしまったが全く違う人物だった。占い師は少々人を小馬鹿にしたような喋り方をしたが、慣れれば案外面白い奴だった。今のところ彼に占ってもらっている人を見たことないが、雨の夜でも小さなテーブルを出して座っていた。

◆◆◆

もちろん誰も来ない日もある、それが今日だ。店終いの準備をしていると、通りに見知った男の姿を見つけた。男は――僕が編プロを辞めるきっかけになった挿絵画家だった。依頼していた絵が描けず雲隠れしてしまったのだ。電話も出なければ、自宅を訪ねてもいない。彼を知る他の編集者に聞いても全く行方がわからなかった。彼を恨む気は全くなかったが、どうしてこんなところにいるのか気になった。少し話をしてみたい気もしたが、いつの間にか夕闇に紛れてしまった。

「行方不明って、完璧な幕引きだよなぁ」

このところ僕が思っていることだ。ふと日常から姿を消し、亡骸さえも残さない。存在した気配も時と共に薄れ去る。少し物悲しい感じもするけど、中々潔いと思う。ところで消えた人間はどこに行くのだろう。消息を絶った人だけが行くことのできる場所でもあったら面白いかもしれない。骨董屋のじーちゃんが本当に神隠しに遭ったのなら、きっと知っているような気がした。

そろそろいつもの角に黒衣の辻占いが座る時間だ。夜は長い、少し話を聞いてこよう。

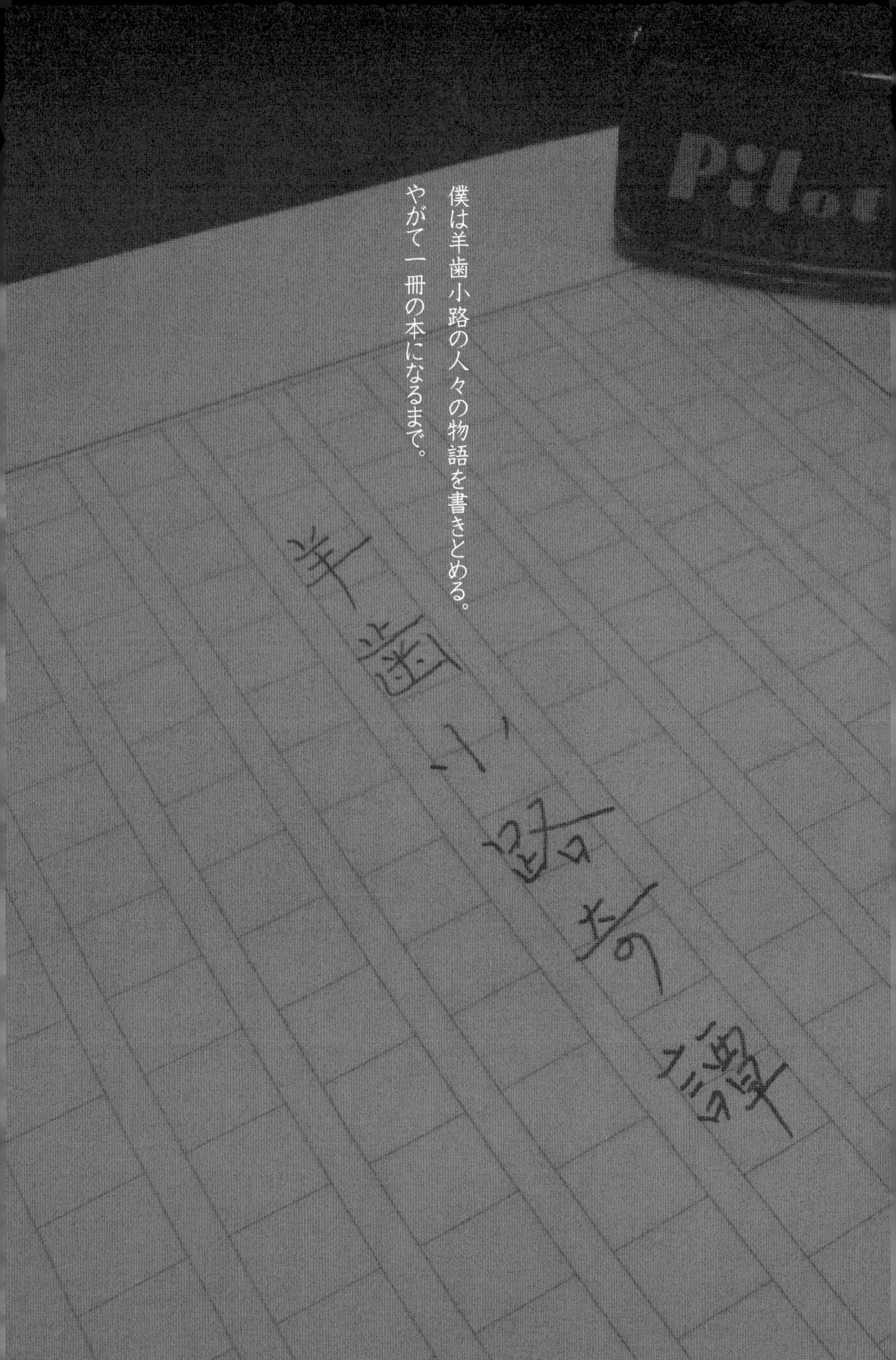

僕は羊歯小路の人々の物語を書きとめる。
やがて一冊の本になるまで。

あとがき

初めて乗ったメリーゴーランドには、あまり良い思い出がありません。たぶん小学校に上がる前のことです。両親と行った遊園地で、確か母は少し前方の馬車に、私は父と一緒に馬にまたがりました。もちろん最初は大喜びでしたが、次第に妙な気持ちになりました。なぜなら回り始めると、いつまで経っても前の馬車に乗る母に追いつけなかったからです。時には中央の太い支柱に遮られ、母の姿が見えなくなってしまうこともありました。それなのに父は笑っていて、抱きかかえられた私は、歯を剥き怒ったような顔をした馬から降りることもできません。不安が膨れあがる中で楽しげな音楽を聴かされ、ひたすら上下に揺さぶられているのが嫌で嫌でたまらなくなりました。最終的に酷い乗り物酔いになった私は、青ざめた顔で泣き出してしまいました。

ところが夕方になり、母に手を引かれて遊園地を後にする際に目にしたメリーゴーランドは驚くほど素敵なものでした。電飾が明滅する眩いばかりの天蓋、光に満ちた回転舞台に近づけば、隊列を組んだ白馬も王女様お気に入りの優美な馬車も、おとぎ話の世界が繰り返し繰り返し私の目の前にやって来るのです。私は嫌な思いをしたことも忘れ、夢中で眺めました。

今でも時々、あの夕暮れ時のメリーゴーランドを思い出します。あれはどこの遊園地だったのでしょう。ずいぶんと立派な装置だったと思うのですが、案外デパートの屋上遊園地だったのかもしれません。何にせよ、今も私の記憶の中で白馬や馬車はキラキラと回り続けています。夕闇が濃くなるほど、終わらないおとぎの国は輝きを増します。傍観者の孤独を感じつつも、そこにはとても魅力的で、飽くことなく眺めてしまう夢の世界があるのです。

本書に収められているいくつかの物語は、既刊の暗黒メルヘン競作集第一弾『真夜中の色彩闇に漂う小さな死』（共著・黒木こずゑ）及び第二弾『Shunkin 人形少女幻想』（共著・Dollhouse Noah）と関係のあるような、ないような話になっています。どれがどの話にどう繋がるのか、併せてご覧頂くとより楽しめるかもしれません。

先の二冊と本書を刊行して下さったアトリエサードの鈴木孝編集長は、私の少し風変わりな物語創りにご理解を示し、発表の場を与えて下さる稀有な存在です。いつも本当にありがとうございます、心より感謝しています。モデルを務めて頂いた黒色すみれのさち嬢を初め、あらゆる面でご協力頂いた関係者各位に、この場を借りて心より御礼申し上げます。そして何より、大切な友人であり敬愛する画家の黒木こずゑ氏には、感謝の言葉もありません。貴女と貴女の描く作品世界なくしてはこの物語は完成しなかったでしょう。本当に本当にありがとう、一緒に仕事ができて楽しかったです。これからも宜しくお願い申し上げます。

最後に読者の皆様へ。数ある本の中から手にして下さり、本当にありがとうございました。このメリーゴーランドのような奇妙な物語を少しでも楽しんで頂けましたら、創り手として大変嬉しいです。そうそう、物語は文字の綴られていない所にも潜んでいるかもしれません。もし気が向いたら、あれこれ想像してみて下さいませ。またお目にかかれる時まで、さようなら。

物語作家　最合のぼる

二〇一五年　早春

●初出一覧●

失せもの屋	トーキングヘッズ叢書 no.50
黒頭巾	トーキングヘッズ叢書 no.51
コドモノ國	トーキングヘッズ叢書 no.52
酒屋酒場	トーキングヘッズ叢書 no.53
みどりさん	トーキングヘッズ叢書 no.54
市松商事	トーキングヘッズ叢書 no.55
少年ノ探シ物	トーキングヘッズ叢書 no.56
風流座敷寫真館	トーキングヘッズ叢書 no.57
わたしの王女様	トーキングヘッズ叢書 no.58
闇に棲む獣	トーキングヘッズ叢書 no.59
羊歯小路奇譚	書き下ろし

※本書は雑誌掲載作に書き下ろしを加え、加筆修正し再構成しました。

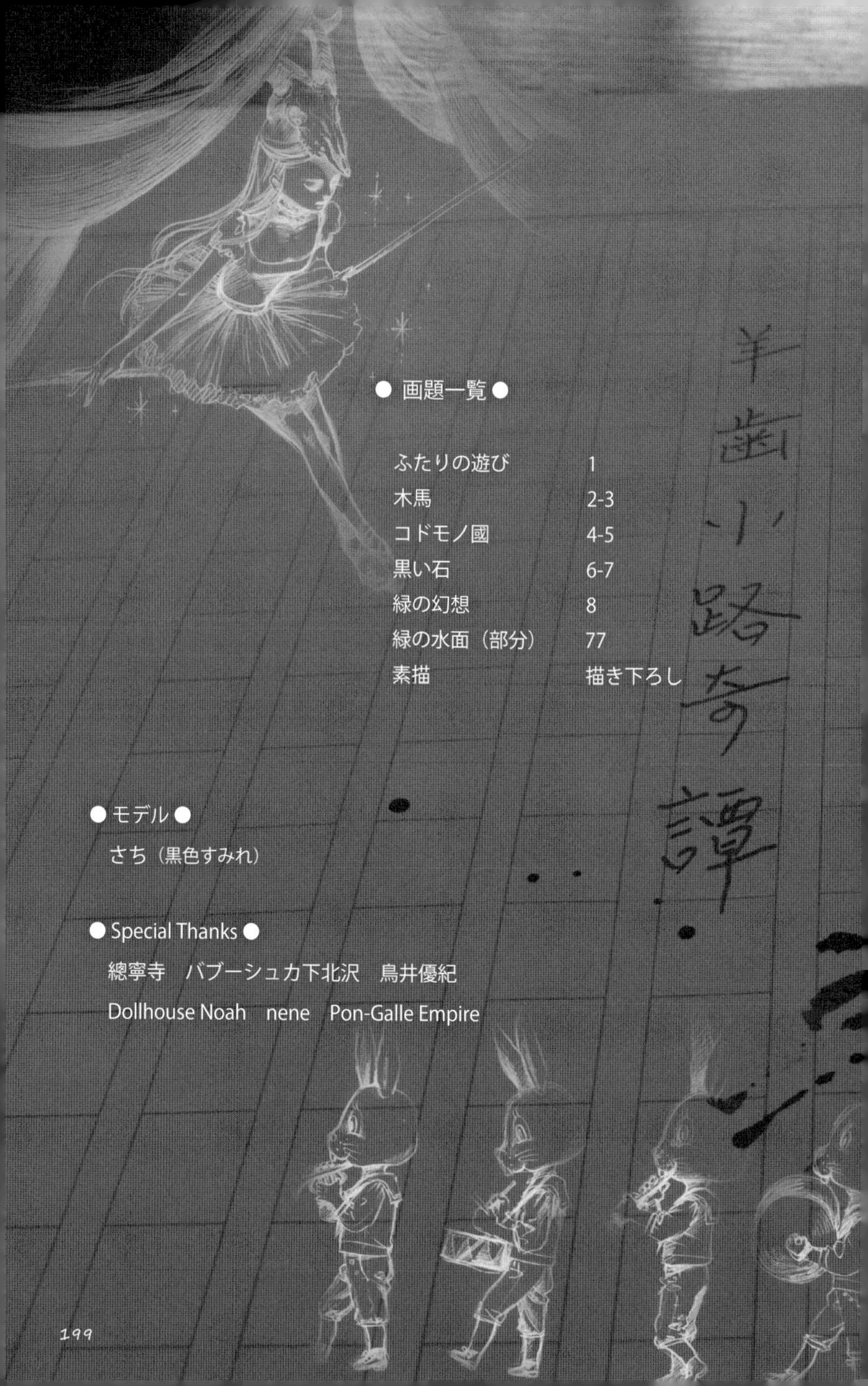

● 画題一覧 ●

ふたりの遊び	1
木馬	2-3
コドモノ國	4-5
黒い石	6-7
緑の幻想	8
緑の水面（部分）	77
素描	描き下ろし

● モデル ●

さち（黒色すみれ）

● Special Thanks ●

總寧寺　バブーシュカ下北沢　鳥井優紀

Dollhouse Noah　nene　Pon-Galle Empire

最合のぼる　Noboru Moai
物語作家。映画脚本デビュー以降、ライトノベルや小説と執筆の幅を広げる。小説では自らデザインする独特の紙面構成で《見せる物語》を展開。オブジェ制作や朗読など、活字表現を発展させた活動もしている。
2012年 暗黒メルヘン競作集『真夜中の色彩 闇に漂う小さな死』
2013年 同 第二弾『Shunkin 人形少女幻想』(共にアトリエサード刊)など。

黒木こずゑ　Kozue Kuroki
福岡県出身。
1999年 九州デザイナー学院　アーティスト学科卒業
2005年 初個展『夜の足音』Glamorous Area（仙台)、2010年 第二回個展『夜のためいき』ギャラリィ亞廊（福岡）他、グループ展多数参加。
主に鉛筆画に彩色した幻想的な少女作品を制作。

TH Literature SERIES

羊歯小路奇譚《しだこうじきたん》

発行日　2015年4月16日

著　者　最合のぼる
　　　　黒木こずゑ

発行人　鈴木孝
発　行　有限会社アトリエサード
東京都新宿区高田馬場 1-21-24-301
〒169-0075
TEL.03-5272-5037 FAX.03-5272-5038
http://www.a-third.com/
th@a-third.com
振替口座／00160-8-728019
発　売　株式会社書苑新社
印　刷　モリモト印刷株式会社
定　価　本体2200円＋税
ISBN978-4-88375-197-6 C0093 ¥2200E

www.a-third.com